講談社文庫

家族物語　おもかげ抄

山本周五郎

JN179399

講談社

家族物語　おもかげ抄　目次

家族物語　おもかげ抄

ちゃん

一

その長屋の人たちは、毎月の十四日と晦日《みそか》の晩に、きまって重《しげ》さんのいさましいくだを聞くことができた。

云《い》うまでもないだろうが、十四日と晦日は勘定日で、職人たちが賃銀を貰《もら》う日であり、またかれらの家族たちが賃銀を貰って来るあるじを待っている日でもあった。

その日稼ぎの者はべつとして、きまった帳場で働いている職人たちとその家族の多くは、月に二度の勘定日をなによりたのしみにしていた。夕餉《ゆうげ》の膳《ぜん》には御馳走《ごちそう》が並び、あるじのためには酒もつくであろう。

半月のしめくくりをして、子供たちは明日なにか買って貰えるかもしれない。もちろん、いずれにしてもささやかなはなしであるが、ささやかなりにたのしく、僅《わず》かながら心あたたまる晩であった。

こういう晩の十時《四ツ》すぎ、ときにはもっとおそく、長屋の木戸をはいって来ながら、重さんがくだを巻くのである。

「銭なんかない、よ」と重さんがひと言ずつゆっくりと云う、「みんな遣っちまった、よ、みんな飲んじまった、よ」

酔っているので足がきまらない。よろめいてどぶ板を鳴らし、ごみ箱にぶっつかり、そしてしゃっくりをする。

「飲んじゃった、よ」と重さんは舌がだるいような口ぶりで云う、「銭なんかありゃあしない、よ、ああ、一貫二百しか残ってない、よ」

長屋はひっそりしている。重さんは自分の家の前まで、ゆっくりとよろめいてゆき、戸口のところでへたりこんでしまう。すると雨戸をそっとあけて、重さんの長男の良吉《よしきち》か、かみさんのお直《なお》が呼びかける。

「はいっておくれよ、おまえさん」と、お直なら云う、「ご近所へ迷惑だからさ、大きな声をださないではいっておくれよ」

喉《のど》で声をころして云うのだ。

「ちゃん、はいんなよ」と良吉なら云う、「そんなところへ坐《すわ》っちまっちゃだめだよ、こっちへはいんなったらさ、ちゃん」

「はいれない、よ」重さんはのんびりと云う、「みんな遣っちまったんだから、一貫二百しか残ってないんだから、ああ、みんな飲んじまったんだから、はいれない、よ」

長屋はやはりしんとしている。まだ起きているうちもあるが、それでもひっそりと、聞えないふりか寝たふりをしている。――

長屋の人たちは重さんと重さんの家族を好《す》いていた。重さんもいい人だし、女房のお直もいいかみさんである。十四になる良吉、十三になる娘のおつぎ、七つの亀吉《かめきち》と三つのお芳《よし》。みんな働き者であり、よくできた子たちである。

重さんがそんなふうにくだを巻くのは、このところずっと仕事のまが悪いからで、そのためにお直や良吉やおつぎが、それぞれけんめいに稼いでいるし、ふだんは重吉《しげきち》もおかしいほど無口でおとなしい。だから長屋の人たちは黙って、知らないふりをしているのであった。

たいていの場合、お直と良吉で、重さんの片はつく。しかし、それでも動かないときには、末の娘のお芳が出て来る。三つになるのに口のおそい子で、ときどき気取って舌っ足らずなことを云う。

「たん」もちろん父《ちゃん》の意味である、「へんなって云ってゆでしょ、へんな、たん」

二

重吉のまわりで、冬は足踏みをしていた。霜のおりることも少なくなり、風の肌ざわりもやわらいできた。梅がさかりを過ぎ、沈丁花《じんちょうげ》が咲きはじめた。歩いていると、ほのかに花の匂いがし、その匂いが、梅から沈丁花にかわったこともわかる。――けれども、そういう移り変りは重吉には縁が遠かった。いま、昏《く》れがたの街を歩いている彼には、かすかな風が骨にしみるほど冷たく、道は凍《い》てているように固く、きびしい寒さの中をゆくように、絶えず胴ぶるいがおそってきた。

灯《ひ》のつきはじめたその横町の、一軒の家から中年の女が出て来て、火のはいった行灯《あんどん》を軒に掛けた。行灯は小形のしゃれたもので、「お蝶《ちょう》」と女文字で書いてあった。

「あら重さんじゃないの」と女が呼びかけた、「どうしたの、素通りはひどいでしょ」

重吉の足がのろくなり、不決断にゆっくりと振返った。

「お寄んなさいな、新《しん》さんも来ているのよ」

「しんさん、――檜物町《ひものちょう》か」

「金六町《きんろくちょう》、新助《しんすけ》さんよ」

女がそう云ったとき、家の中から男が首を出して、よう、と声をかけた。

「久しぶりだな、一杯つきあわないか」

「うん」と重吉は口ごもった、「やってもいいが、まあ、この次にしよう」

「なに云ってんの」と女がきめつけた、「それが重さんの悪い癖よ、いいからおはいんなさい、さあ、はいってよ」

女は重吉を押しいれた。そうして、戸口の表に飾り暖簾《のれん》を掛けてから、中へはいってみると、新助が独《ひと》りで盃《さかずき》をいじっていた。

「手を洗いに奥へいったよ」と彼は女に云った、「しかし、どうしたんだ、お蝶さん」

お蝶と呼ばれた女はこの店のあるじだろう。土間をまわって台の向うへはいり、おでんの鍋を脇《わき》にして腰をおろした。それは三坪足らずの狭い店で、台囲いに向って板の腰掛がまわしてあり、土間のつき当りにある暖簾の奥は、女あるじの住居と勝手になっているようだ。

「どうかしたのか」と新助は暖簾口のほうへ顎《あご》をしゃくった、「それが悪い癖だって、——どういうことなんだ」

「なんでもないの」お蝶はそう云って、おでん鍋に付いている銅壺《どうこ》から燗徳利《かんどくり》を出し、ちょっと底に触ってみてから、はかまへ入れて新助の前に置いた、「熱くなっちやったわ、ごめんなさい」

「そうか」と新助はうなずき、くすっと笑って云った、「あいつらしいな」

「なにがよ」

「こっちのことだ」と新助は云った、「しかし、断わっておくが、今日の勘定はおれが払うからな、あいつに付けたりすると怒るぜ」

お蝶はうしろへ振返り、大きな声で呼んだ、「おたまちゃん」

奥からもうすぐですという返辞が聞え、暖簾口から重吉が出て来た。

新助は重吉に場所をあけてやり、そうして二人は飲みはじめたのだ。やがて、おたまという女があらわれ、お蝶は代って奥へはいったが化粧を直して戻ると、店には新しい客が二人来ていた。

日《に》本橋《ほんばし》おとわ町のその横町は、こういった小態《こてい》な飲み屋が並んでおり、どの店にも若い女が二人か三人ずついて、日がくれると三味線や唄《うた》の声で賑《にぎ》やかになる。このときもすでに、近くの店から三味線の音が聞えはじめ、まもなくお蝶の店にも幾人か客が加わって、腰掛はほとんどいっぱいになった。

「檜物町に会ったか」

それまでの話がとぎれたとき、ふと調子を変えて新助がきいた。

「いや」と重吉は首を振った。

「話にゆくって云ってたんだがな、うちのほうへもいかなかったか」

重吉はまた首を振った、「来ないようだな、なにか用でもあるのか」

「うん」新助は云いよどみ、燗徳利を取って重吉にさした、「まあ一つ、——おめえ弱くなったのか」

「檜物町はおれになんの用があるんだ」

「かさねろよ」と新助は酌《しゃく》をしてやった、「このまえからおれと檜物町とで話していたんだ、長沢町《ながさわちょう》、——つまりおめえと檜物町とおれは、一つ釜の飯を食って育った人間だ」

新助は本店の「五桐《ごとう》」の話をした。

日本橋両替町《りょうがえちょう》にあるその店は、五桐火鉢という物を作っている。いまは三代目になるが、先代のころまでは評判の店であった。さしわたし尺二寸以上の桐《きり》の胴まわりに、漆と金銀で桐の葉と花の蒔絵《まきえ》をした火鉢で、その蒔絵の桐の葉が五枚ときまっているため、五桐火鉢と呼ばれるのであり、作りかたに独特のくふうがもちいられていて、ほかにまね手のないものと珍重されていた。

かれら三人はその店の子飼いの職人であった。重吉が一つ年上、新助と真二郎《しんじろう》はおない年だったが、五年ばかりまえ、新助と真二郎は「五桐」からひまをとり、片方は京橋《きょうばし》の金六町、片方は檜物町に、自分たちの店を持った。

二人は五桐火鉢にみきりをつけたのだ。先代までは珍重されたが、時勢が変るにつれて評判も落ち、注文がぐんぐん減りだした。五桐の品を模した安物がふえたし、世間の好みも違ってきたのであろう。手間賃を割って値をおとしても、売れる数は少なくなるばかりであった。――

これでは店がもちきれないので、五桐でもやむなく新しい火鉢に切替えたが、名目だけは残したいので、重吉が一人だけ、元どおりの火鉢を作っていた。新助はそのことを云いだしたのだ。もう三十五にもなり、子供が四人もあり、職人として誰にも負けない腕をもっているのに、長屋住いで、僅かな手間賃を稼ぎにかよっている。もうそろそろ自分の身のことを考えてもいいころではないか、と新助は云った。

重吉は飲みながら聞いていた。なにも云わないが、飲みかたが少しずつ早くなり、お蝶か新助が酌をしないと、手酌で飲んだ。

「心配してくれるのはありがてえが」と重吉はやがて云った、「おれにはいまの仕事のほかに、これといってできることはなさそうだ」

「それで檜物町と相談したんだ」

「まあ待ってくれ」

「いいからこっちの話を聞けよ」と新助が遮《さえぎ》って云った、「それはおめえが五桐火鉢を守る気持はりっぱだ、けれども世間ではもうそれだけの値打は認めてくれない、あの蒔絵のやりかた一つだって、漆の下地掛けから盛りあげるまで、まる九十日もかけるというのはばかげている、木地の木目の選び、枯らしぐあい、すべてがそうだ、すべてがあんまり古臭いし、いまの世には縁の遠い仕事だ」

「重さん」と新助は続けた、「おらあ、はっきり云うが、ここはひとつ考え直してくれ、時勢は変ったんだ、いまは流行が第一、めさきが変っていて安ければ客は買う、一年使ってこわれるか飽きるかすれば、また新しいのを買うだろう、火鉢は火鉢、それでいいんだ、そういう世の中になったんだよ」

三

新助は一と口飲んでまた云った。

「おめえが脇眼もふらず、丹精こめて作っても、そういう仕事のうまみを味わう世の中じゃあないし、またそんな眼のある客もいなくなった、このへんで時勢に合った仕事に乗り替えようじゃないか、その気になるなら、檜物町とおれがなんとでもするぜ」

重吉は弱よわしく唇《くちびる》で笑った、「火鉢は火鉢か、そりゃあそうだ」

「おれたちは三人いっしょに育った、檜物町とおれはどうやら店を持ち、どうやら世間づきあいもできるようになった、いまならおめえに力を貸すこともできる、こんどはおめえの番だ、このへんでふんぎりをつけなくちゃあ、お直さんや子供たちが可哀《かわい》そうだぜ」

重吉は持っている盃をみつめ、それから手酌で飲んで、ゆっくりと首を振った。

「友達はありがてえ」と彼は低い声で云った、「友達だからそう云ってくれるんだ、うん、考えてみよう」

「わかってくれたか」

「わかった」と重吉はうなずいた、「おめえに云われて、よくわかった」そして彼は急に元気な口ぶりになった、「――じつを云うとね、両替町の店でも、あんまりおれに、仕事をさしてくれなくなったんだ、むろんそいつは、売れゆきの悪いためだろう、待ってたひにゃあ買いに来る客もねえから、おれが自分で古いとくいをまわって、注文を取ってくるっていう始末なんだ」

「自分でだって、——おめえがか」

「恥ずかしかったぜ、いまは馴《な》れたけれども、初めは恥ずかしくって、汗をかいたぜ」重吉は手酌で二杯飲み、空《から》になった盃をじっとみつめた、「いまは馴れた、けれどもな、おめえの云うとおりだ、もう三十五で、女房と四人の子供をかかえてるんだ、このままじゃあ、女房子が可哀そうだからな」

「その話、もうよして」とお蝶がふいに云った、「お酌をするわ、重さん、酔ってちょうだい」

「ちょっと待てよ」と新助が云った、「まだこれから相談があるんだ」

「もうたくさん、その話はたくさんよ」とお蝶は強くかぶりを振った、「重さんはわかったって云ってるし、ここは呑《の》み屋なんだから、もうその話はよして飲んでちょうだい、今夜はあたしもいただくわ、いいでしょ、重さん」

「うん」と云って重吉は頭を垂《た》れた、「いいとも、あたぼうだ」

友達はありがてえな。注《つ》がれるままに飲みながら、重吉は心の中でつぶやいた。出てゆく客があり、はいって来る客があり、おたまがかなきり声をあげた。

——おれは泣きそうになってるぞ。

重吉は頭を振った。友達だから云ってくれるんだ、ありがてえな、と彼は口には出さずにつぶやいた。お蝶がなにか云い、新助がそれに答えたが、やり返すような声であった。重吉は飲み、頭をぐらぐらさせ、そうして「ありがてえな」と声に出して云った。

——おれは泣きそうだ。

泣いたりすると、みっともねえぞ、と重吉は自分に云った。そこで彼は外へ出たのだ。新助が呼びかけたのを、お蝶がとめた。手洗よ、というのが聞えたようで、重吉は戸口を出ながら、ああそうだよと云った。

お蝶を出てから「源平《げんぺい》」で飲んだ。お蝶もそうだが、源平も毎晩寄らないときげんが悪い。もう十年ちかい馴染《なじみ》で、客の少ない晩などは奥へあげられ、長火鉢をはさんで盃のやりとりをする、ということも珍しくはなかった。かれら夫婦には子供がなく、店を二人きりでやっていて、いろけのない代りに、源平の庖丁《ほうちょう》とかみさんのおくにのあいそが、売り物になっているようであった。

重吉は二本ばかり陽気に飲み、そこでぐっと深く酔った。ほかに客が三人あり、源平は庖丁を使いながら、重吉のようすを不審げに見ていた。急に酔いが出たのは、まえの酒のせいで、重吉は源平の眼が気に入らなかった。へんな眼で見るなよ、と云おうとしたとき、お蝶がはいって来た。――お蝶はすっかり酔って、顔は蒼白《あおじろ》く硬《こわ》ばり、眼がすわっていた。彼女は源平とおくにに挨拶《あいさつ》すると、重吉の脇に腰を掛け、彼の手から盃を取りあげた。

「お蝶さん」とおくにが云って、すばやく眼まぜをした、「――奥がいいわ」

「ええ、ありがと」とお蝶が答えた、「あたし、すぐに帰るんです」

「どうしたんだ」重吉がお蝶を見た、「勘定なら気の毒だがだめだ、おらあ鐚《びた》も持っちゃあいねえんだから」

「お酌してちょうだい」

「ここも勘定が溜《た》まってるんだぜ」

「お酌して」とお蝶は云った。

重吉が注いでやった一杯を飲むと、お蝶は燗徳利を取り、手酌で二杯、喉へほうりこむように呷《あお》った。

「あんたの顔が見たかったのよ、重さん」とお蝶は彼の眼をみつめながら云った、「――あたしくやしかった」

「客がいるんだぜ」

「あんなふうに云われて、なにか云い返すことはなかったの」お蝶のひそめた声には感情がこもっていた、「あんた云いたいことがあったんでしょ、そうでしょ、重さん」

「うん」と重吉はひょいと片手を振った、「云いたいことはあった、云い忘れちゃったが、よろしく頼むと云うつもりだった」

お蝶は黙って、じっと重吉の眼をみつめていた。短いあいだではあるが、その沈黙はまるで百千の言葉が火花をちらすような感じだった。

「はい」とお蝶は彼に盃を返し、酌をしてやってから、立ちあがった、「あたしね、あの人をひっぱたいてやったの、平手で、あの人の頬っぺたを、いい音がしたわよ」

重吉は盃を持ったまま、お蝶を見た。

「さよなら——」とお蝶が子供っぽく明るい声で云った。

客たちが振返り、源平とおくにが眼を見交《みか》わした。重吉は立ちそうにしたが、お蝶は明るい笑顔を向けて手を振り、少しよろめきながら出ていった。

「さよなら——」と外でお蝶の云うのが聞えた、「また来ます、お邪魔さま」

「重さんいってあげなさいな」とおくにが云った、「ひどく酔っているようじゃないの、危ないからお店まで送ってあげなさいよ」

「そうだな」重吉は立ちあがった。

出てみると、お蝶の姿は三、四間《けん》さきにあり、かなりしっかりした足どりで歩いていた。左右の呑み屋は客のこみ始めるときで、三味線の音や唄の声や、どなったり笑ったりする声が、賑やかに聞えていた。——重吉はお蝶の姿が見えなくなるまで、黙ってそこに立っていて、それからその横町を、堀のほうへぬけていった。

四

「よせ、よしてくれ」と重吉は云った、「なぐるのはよしてくれ」

彼はその自分の声で眼をさました。

気がつくと自分はごろ寝をしてい、すぐそばにお芳がいた。彼は畳の上へじかに寝ころんでいるのだが、枕もしているし、掻巻《かいまき》も掛けてあった。三つになる末っ子のお芳は、千代紙で作った人形を持って、咎《とが》めるような、不審そうな眼で父親を見まもっていた。

「たん」とお芳が云った、「誰がぶつのよ」

重吉は喉の渇《かわ》きを感じた。

「誰がたんをぶつのよ、たん」

「かあちゃんはどうした」

「おしえーないよ」とお芳はつんとした、

「たんがおしえーないから、かあたんが問屋へいったことも、あたいおしえーないよ」

重吉は起き直った、「いい子だからな、芳ぼう、たんに水を一杯持って来てくれ」

「あたい、いい子じゃないもん」

重吉は溜息《ためいき》をつき、充血した、おもたげな眼でまわりを眺めやった。その六帖《じょう》はごたごたして、うす汚なく、みじめにみえた。実際はお直がきれい好きで、部屋の中はきちんと片づいているのだ。初めから古物で買って、そのまま十五年以上も使っている簞笥《たんす》や鼠《ねずみ》いらず、長火鉢や鏡架《かがみかけ》に並んで、ふたの欠けた長持があり、その上に、女房のお直と娘のおつぎのする、内職の道具がのせてある。——

これらは障子《しょうじ》にうつっている曇りの日の午後の、さびたような、少しも暖《あた》たかさのない薄光りをうけて、事実よりもずっとうす汚なく、わびしく、気の滅入《めい》るほどみじめにみえた。重吉は簞笥の上の仏壇を見あげた。作りつけの小さな仏壇で、塗りの剝《は》げた扉は閉っていた。その中には親たちの位牌にまじって、長男の和吉《わきち》の位牌もある。生れて五十日足らずで死んだから、顔だちも覚えていないのに、重吉の頭の中では良吉よりも大きく、はるかにおとなびているように思えた。

——生きていれば十五だ。

おつぎまでが年子だったのだ。重吉はもういちど部屋の中を眺めまわし、みんな昔のままだと思った。お直と世帯《しょたい》を持ったままだ、がらくたが二、三ふえただけで、ほかにはなにも変ってはいない。

——残ったのは子供たちだけか。

十五年の余も働きとおして来て、残ったのは四人の子供だけである。しかもその子供でさえ、満足には育てられなかったし、いまでは上の子二人にもう稼がせている。

——おめえはよかったな、和吉。

おまえは死んでよかった、と重吉は心の中で云った。生きていれば貧乏に追われ、骨身も固まらないうちから稼がなければならない。良吉をみろ、あいつはまだ十四だ。なりは大きいほうだが、足腰も細いし、まだほんの子供だ。それが毎日ぼてふりをして稼いでいる、毎朝まっ暗なじぶんに起きて河岸《かし》へゆき、雨も雪もお構いなしに魚を売って歩く。いまに仕出し魚屋になるんだ、といばっているが、本当はまだ友達と遊びたいさかりなんだ。

——おまえは死んで運がよかったぜ。

ほんとだぜ、重吉は心の中で云った。こんな世の中はくそくらえだ。生きている甲斐《かい》なんかありゃしねえ、まじめに仕事いっぽん、脇眼もふらずに働いていても、おれのようにぶまな人間は一生うだつがあがらねえ。まじめであればあるほど、人に軽く扱われ、ばかにされ、貧乏に追いまくられ、そして女房子にまで苦労させる。

——たくさんだ、もうたくさんだ。

こんな世の中はもうまっぴらだ、と重吉は思った。

「たん」とお芳が云った、「水持って来ようか」

お芳はじっと父親を見ていて、本能的に哀れを感じたらしい。咎めるような眼つきが、いまは（三つという年にもかかわらず）憐《あわ》れむような色に変っていた。二つでも女の子は女の子であり、貧しい生活の中で母親や兄や姉たちの、父に対するいたわりや気遣いを見たり聞いたりしているためだろう。その顔つきにはひどくおとなびた、まじめくさった表情があらわれていた。

「いいよ」重吉は眼をそらした、「自分でいって飲んで来る、おまえ遊びにゆかないのか」

「いかない」とお芳は云った、「たんの番をしていなって、帰るまで番してなって、かあたんが云ったんだもんさ」

重吉は立って勝手へゆき、水瓶《みずがめ》からじかに柄杓《ひしゃく》で三杯水を飲んだ。

——お直さんや子供たちが可哀そうだぜ。

新助がそう云った。あれは三日まえのことだな、と重吉は柄杓を持ったまま思った。あれは親切で云ったことだ。檜物町の真二郎もそうだ。あの二人とは同じ釜の飯を食って育った。金六町も檜物町もめさきのきく人間だ。二人が「五桐」にみきりをつけ、きれいにひまをとり、自分自分の店を持って、当世ふうのしょうばいに乗り替えたのは、めさきがきくからだ。おかげでしょうばいは繁昌《はんじょう》するし、家族も好きなような暮しができる。檜物町は上の娘を踊りと長唄《ながうた》の稽古《けいこ》にかよわせているし、金六町は妾《めかけ》を囲ってるそうだ。

「それでもおれのことを心配してくれる」重吉は持っている柄杓をみつめながら、放心したようにつぶやいた、「——友達だからな、友達ってものはありがてえもんだ」

重吉はぎょっとした。勝手口の腰高障子が、いきなり外からあけられたのである。あけたのは長男の良吉で、良吉もびっくりしたらしい、天秤棒《てんびんぼう》を持ったまま、口をあいて父親を見た。

「ちゃん」と良吉はどもった、「どうしたんだ」

重吉は戸惑《とまど》ったように、持っている柄杓をみせた、「水をね、飲みに来たんだ」

「水をね」と良吉が云った、「びっくりするぜ」

「ご同様だ」

「今日は休んだのかい」

「そんなようなもんだ」と重吉は水瓶へ蓋《ふた》をし、その上に柄杓を置きながら云った、「本所《ほんじょ》の吉岡《よしおか》さまへ注文を聞きにいって、そのままうちへけえって来たんだ」

「かあちゃんは」

「おつぎと問屋へいったらしい」

「湯へいこう、ちゃん」と良吉は流しの脇からたわしと磨《みが》き砂《ずな》の箱を取りながら云った、「いま道具を洗って来るからな、こいつを片づけたらいっしょに湯へいこう」

「お芳がいるんだ」

「留守番さしとけばいいさ、すぐだから待ってなね」

六帖へ戻るとすぐ、亀吉が隣りの女の子を伴《つ》れて来、お芳といっしょに遊び始めた。隣りのおたつは五つ、亀吉は七つであるが、どちらもお芳に牛耳《ぎゅうじ》られていた。おままごとになれば、かあたんになるのはお芳ときまっていて、おたつはその娘、亀吉は「手のかかってしゃのない伜《せがれ》」ということになる。それでふしぎにうまくゆくし、お芳のかあたんぶりも板についていた。

「さあさ、ごはんにしましょ」とお芳が面倒くさそうに云う、「今日はなんにもないかや味噌汁でたべちゃいましょ、さあさ、二人とも手を洗ってらっしゃい」

「かあたんは夜なべだかやね、もう二人とも寝ちまいな」と云うのもお芳だ、「さっさと寝ちまいな、夜なべをして、あった問屋へ届けなけえば、お米が買えないんだかや、さっさと寝ちまいな」

五

そのときも同じことであった。その小さな世帯はひどく苦しい、おたつはまだ頑是《がんぜ》ないし、亀吉は手ばかりかかって少しも役に立たない、お芳ひとりが飯の支度《したく》をしたり、縫い張りをしたり、夜も昼も賃仕事をして稼ぐのである。

「うるさい、うるさい」とお芳がまた云う、「そんなとこよで、ごまごましてたや、仕事ができやしない、二人とも外へいって遊んできな」

重吉は耳をふさぎたくなり、いたたまれなくなってそこを立った。

「十日戎《とおかえびす》の、売り物は」上り端《はな》の二帖へいって、重吉は外を眺めながら、調子の狂った節で低くうたいだした、「――はぜ袋にとり鉢、銭叺《ぜにかます》、小判に金箱」

彼はそこでやめて、首を振った、「唄も一つ満足にはうたえねえか」

重吉は気のぬけたような眼で、ぼんやり外を眺めやった。向うの井戸端で良吉の声がする。盤台を洗いながら、近所のかみさんと話しているらしい。元気な話し声にまじって、高い水の音が聞えた。良吉の声には張りがあり、話す調子はおとなびていた。重吉はからだがたよりなくなるような、精のない気分でそれを聞いていた。

まもなくお直とおつぎが帰り、良吉も井戸端から戻って来た。お直たちは内職物の包を背負っていて、有難いことに来月いっぱい仕事が続くそうだ、などと重吉に云いながら、六帖へいって包をおろし、良吉は手ばしこく道具を片づけた。

「かあちゃん」と良吉は土間から叫んだ、「おれ、ちゃんと湯へいって来ていいか」

「大きな声だね、みっともない」と六帖でお直が云った、「いくんなら、亀吉も伴れてっておくれよ」

「だめだよ、今日はだめだ」と良吉は云い返した、「今日はちょっとちゃんに話があるんだ」

彼は父親に眼くばせをし、「この次に伴れてってやるからな、亀、今日はかあちゃんといきな、な」

「ひどいよ、良」と云うお芳の気取った声が聞えた、「伴れてってやんな、良、ひどいよ」

「へっ」と良吉が肩をすくめた、「あいつをかみさんにする野郎の面《つら》が見てえや、ちゃん、いこうか」

おつぎが重吉に手拭《てぬぐい》を持って来た。

湯屋は川口町《かわぐちちょう》に面した堀端にある。昏《く》れかかった道を歩いてゆきながら、良吉は父親に笑いかけ、帰りに一杯おごるぜ、と云った。冗談いうな。冗談じゃねえほんとだ、と良吉は口をとがらした。帰りに東屋《あずまや》へ寄ろう、今日は儲《もう》かったんだ、本当だぜ、ちゃん。まあいい、おれはさっき一と口やったんだ、と云いながら、重吉は喉が鳴るように感じた。まだ時刻が早いので、男湯はすいていた。ざっとあびて出よう、と良吉が云い、そうして彼は父親の背中をさすってやった。

「へんなことをきくけれどね、ちゃん」と背中をさすりながら良吉はいった、「お蝶さんていうのはどういう人なんだい」

重吉の肩がちょっと固くなった。

「お蝶さんって、——どのお蝶さんだ」

「おとわ町で呑み屋をやってる人さ」

「それなら、どういう人だってきくことはねえだろう、その呑み屋のかみさんだよ」

「ただ、それだけかい」

「ただ、それだけだ、もう一つ云えば、勘定が溜まっているくらいのもんだ」と云って重吉は調子を変えた、「——良、どうしてそんなことを訊《き》くんだ」

良吉は声を低くした、「本当にそれだけならいいんだ、おれ」と彼はそこで言葉を切り、それから考えぶかそうに云った、「——かあちゃんが心配しているもんだから」

「そうか」と少しまをおいて重吉が云った、「そいつは気がつかなかった」

「まえにかあちゃんの友達だったたって」

「この町内にいたんだ」と重吉が云った、「おやじは左官だったが、お蝶が十五の年に死んじまった、おふくろというのが気の弱い性分で、二年ばかりすると、押掛け婿《むこ》のようなかたちで、亭主を入れてしまった」

亭主というのは道楽者で、母娘はかなり辛《つら》いおもいをしたらしい。ちょうど重吉とお直が世帯を持つころだったが、お蝶はよくお直のところへ来て、泣きながらぐち話をしていた。そのうちに、ふいとかれらはいなくなった。夜逃げ同様にどこかへ越してゆき、まったく音信が絶えてしまった。

——お蝶さんは吉原《よしわら》へでも売られてしまったのではないか。

近所ではそう云っていたし、重吉やお直もそんなことではないかと話し合った。そして五年ばかり経《た》ったある日、重吉はおとわ町のその横町でお蝶に呼びとめられ、彼女が呑み屋を始めたことを知ったのである。

「その義理のおやじのために、ひどいめにあったそうだ。恥ずかしくって口にも云えないって詳《くわ》しい話はしなかったが、ずいぶんひどいめにあったらしい、おい」と云って重吉は急に躯《からだ》をひねった、「おい、いいかげんにしろ、背中の皮がむけちまうぜ」

「いけねえ」良吉はあわてた、「ああいけねえ」と云い、手に唾《つば》をつけて父親の背中をなでた、「赤くなっちゃった、痛《いて》えか、ちゃん」

「いいよ、温《あた》たまろう」

二人は湯槽《ゆぶね》へつかった。

「かあちゃんにそう云いな」と暗い湯槽の中で重吉がそっと云った、「心配するなって、飲みに寄るだけだし、勘定が少し溜まってるだけだって、いいな」

「ああ」と良吉が云った、「――その人、いまでも苦労してるのかい」

「だろうな」と重吉が答えた、「義理のおやじってのは死んだが、おふくろが寝たっきりで、誰か世話になってる人があるようだ、詳しいことは話さねえが、やっぱり苦労は絶えねえらしい」

良吉は黙っていて、それから、さぐるような口ぶりで云った、「――そのお蝶さんって人はね、ちゃんのおかみさんになるつもりだったって、ほんとかい」

「つまらねえことを云うな」

「だって、かあちゃんがそ云ってたぜ、お蝶さんって人が自分で、かあちゃんにそう云ったことがあるって」

「よせ、つまらねえ」と重吉がさえぎった、「よしんばお蝶がそう云ったにしろ、おれの知ったことじゃあねえ、つまらねえことを気にするなって、かあちゃんに云ってくれ、――こっちはそれどころじゃあねえんだから」

「出よう、ちゃん」と良吉が元気な声になって云った、「早く出て東屋へいくべえ」

六

東屋は亀島橋《かめじまばし》に近い堀端にある飯屋で、すべてが安いうえに、酒がいいので評判だった。店は四、五十人もはいれるほど大きくて、女は一人も置かず、十四、五になる男の子が五人、若者が五人いて、客の相手をした。

ちょうど灯《ひ》のはいったときで、店はひどく混んでいたが、良吉はすばしこく、二人並んで掛けられる席をみつけた。

「ちゃんは酒だ、肴《さかな》はなんにする」と良吉はいせいよく云った、「おれは泥鰌汁《どじょうじる》で飯を食おう、――うちじゃあなぜ泥鰌を食わしてくれねえのかな」

「おれが卯年《うどし》だからな」

「卯年だといけねえのか」

「うの字がおなじだから、鰻《うなぎ》を食うと共食いになるって、かあちゃんがかつぐんだ」

「だって鰻と泥鰌たあ違うだろう」

「おんなじように思えるらしいな、かあちゃんには」

「笑あせるぜ」と良吉は鼻を鳴らした。

重吉は鯊《はぜ》の佃煮《つくだに》と豆腐汁で酒を飲み、良吉は飯をたべた。彼は泥鰌汁のお代りをし、たっしゃにたべながら、休みなしに話した。父親におごっていることよりも、父親と二人で、つまり男同志でそうしていることに、誇りと満足を感じているようであった。

彼はやがて自分のやる仕出し魚屋について語り、淡路屋《あわじや》の旦那《だんな》について語り、魚政《うおまさ》の親方について語った。どっちも重吉には知らない名だったが、とにかく淡路屋の旦那は良吉が贔屓《ひいき》で、彼が店を持つときには資金を貸す、という約束になっているというし、魚政の親方は仕出し料理のこつを教えてくれるそうであった。

「いまに楽をさせるぜ、ちゃん」と良吉は顔を赤くして云った、「もう五、六年の辛抱だ、もうちっとのまだ、いまにおれが店を持ったら楽をさせるよ、ほんとだぜ、ちゃん」

重吉はうれしそうに微笑し、うん、うんとうなずいていた。

それが三月のはじめのことで、まもなく十四日が来た。その夕方おそく、もう灯がついてから重吉はお蝶の店にあらわれ、ほんの二本だけ飲んで、溜まっている借の分に幾らか払い、それから「源平」へ寄った。

お蝶へゆくまえに、彼はもう飲んでいたのだ。お店で受取った勘定が、予定の半分たらずだった。主人は云い訳を云ったが、要するに五桐《ごとう》火鉢では儲からない、ということであり、売れただけの分払《ぶばら》いということであった。

くそくらえ、と重吉は思った。勝手にしゃあがれ、そっちがそう出るなら、こっちもこっちだ。こうなったら、泥棒にでもなんでもなってやる、押込みにだってなってやる、みていやあがれと思い、「五桐」の店を出るなり、見かける酒屋へ寄って立ち飲みをした。三軒で冷酒のぐい飲みをし、お蝶のところにさっときりあげたが、「源平」へいってから酔いが出た。

自分では酔いが出たとは、気がつかなかった。勘定日の夕方だから客が混んでいて、その中に一人、重吉の眼を惹《ひ》く男があった。年は四十五、六だろう、くたびれた印半纏《しるしばんてん》に股引《ももひき》で、すり切れたような麻裏をはいている。顔も軀つきも、痩《や》せて、貧相で、つきだしの摘《つま》み物だけを肴に、小さくなって飲んでいた。——

重吉は胸の奥がきりきりとなった。その客はこの店が初めてらしいし、自分が場違いだと悟っているらしく、絶えずおどおどと左右を見ながら、身をすくめるようにして飲んでいた。重吉はその男が自分自身のように思えた。隣りの客に話しかける勇気もなく、小さくなって、一本の酒をさも大事そうになめている恰好《かっこう》は、そのまま、いまの自分を写して見せられるような感じだった。

「おかみさん」と彼はおくにを呼んだ、「奥を借りてもいいか」

「ええどうぞ、そうぞしくってごめんなさい」

「そうじゃねえ、あの客と飲みてえんだ」

と重吉はあごをしゃくった、「うん、あの客だ、おれは先にあがってるから、済まねえが呼んでくんねえか」

「だって重さん知らない顔よ」

「いいから頼む」と云って彼はふところを押えた、「今日は少し置いてゆくから」

おくにはにらんで、「そんなことを云うと、うちのが怒るわよ」と云った。

重吉は奥へあがった。おくには手早く酒肴《しゅこう》をはこび、支度ができると男を呼んだ。

男は卑屈に恐縮したが、それでもあがって来て膳《ぜん》の向うへ坐り、いかにもうれしそうに盃を受けた。そして、四本めの酒をあけたとき、重吉はたまりかねて云った。

「その親方ってのをよしてくれ、おれは重吉っていうんだ、頼むから名前を呼んでくれ、それ、それに」と彼は相手を見た、「そうかしこまってばかりいちゃあ酒がまずくなる、もっとざっくばらんにやってくんな」

男はあいそ笑いをし、頭をかいた、「済みません、あっしは喜助《きすけ》ってもんです、お気に障《さわ》ったら勘弁しておくんなさい」

「それがかしこまるってんだ、もっと楽にやれねえのかい」

そのじぶんはもう酔いが出ていたのだ。

喜助という男は彼を「重さんの親方」と呼び、きげんをとるつもりだろう、自分の不運と、生活の苦しいことを話した。重吉の荒れた頭はべつの考えにとらわれていて、喜助の話すことはほとんど、うけつけなかったが、子供が三人あること、一人は生れたばかりだし、女房は産後の肥立《ひだ》ちが悪く、まだ寝たり起きたりしていること、彼には定職がなく、その日その日の手間取りをしているが、あぶれる日が多く、子供たちに芋粥《いもがゆ》を食わせることもできないような日があること、そして案外に年が若く、まだ三十六だということなどが、ぼんやりと耳に残った。

「こんなことが続くんなら」と喜助はとりいるように笑って、云った、「いっそ泥棒でもするか、女房子を殺して、てめえも死んじめえてえと思いますよ」

「しゃれたことう云いなさんな」と重吉は頭をぐらぐらさせた、「泥棒になりてえのはこっちのこった、泥棒」と云って、重吉はぐいと顔をあげた、「——泥棒だって、誰が泥棒だ、泥棒たあ誰のこった」

「あんた酔ってるんだ、重さんの親方」

「おい、ほんとのことを云おうか」重吉は坐り直した、「ほんとのことを云っていいか」

「よござんすとも」喜助は唾をのんだ、「ほんとのことを云って下さい、うかがいますから」

「おれはね、重吉ってえもんだ」彼は坐り直した膝《ひざ》を固くし、そこへ両手の拳《こぶし》をつっぱって云った、「両替町の五桐の店で、子飼いから育った職人だ、はばかりながら、五桐火鉢を作らせたら、誰にもひけはとらねえ、おめえ——それを疑うか」

「とんでもねえ」と喜助はいそいで首を振った、「そんなことはちゃんと世間で知ってますよ」

重吉は盃を取って飲んだ。

七

「おれは腕いっぱいの仕事をする、まっとうな職人なら誰だってそうだろう、おれは先代の親方にそう仕込まれたし、仕込まれた以上の仕事をして来たつもりだ」重吉は空になった盃を持ったまま相手を見た、「ここをよく聞いてくれ、いいか、――かりにも職人なら、自分の腕いっぱい、誰にもまねることのできねえ、当人でなければできねえ仕事をする筈《はず》だ、そうしなくちゃあならねえ筈だ、違うか」

「そのとおりだ、そのとおりだよ、親方」

「おめえはいい人間だ」と重吉が云った、「どこの誰だっけ」

「まあ注ぎましょう」喜助は酌をした。

重吉はそれを飲み、ぐたっと頭を垂《た》れた。喜助はすばやく二杯、手酌であおり、膳の上にある鉢の中から慈姑《くわい》の甘煮《うまに》をつまんで口へほうりこんだ。

「おらあ、それをいのちに生きて来た」と重吉は云った、「身についた能の、高い低いはしようがねえ、けれども、低かろうと、高かろうと、精いっぱい力いっぱい、ごまかしのない、嘘いつわりのない仕事をする、おらあ、それだけを守り本尊にしてやって来た、ところが、それが間違いだっていうんだ、時勢が変った、そんな仕事はいまの世間にゃあ通用しねえ、そんなことをしていちゃあ、女房子が可哀そうだっていうんだ」

重吉は顔をあげ、唇をゆがめながら、少し意地悪な調子で云った、「いまは流行が第一の世の中だ、めさきが変っていて安ければ客は買う、一年も使ってこわれるかあきるかすれば、また新しいのを買うだろう、それが当世だ、しょせん火鉢は火鉢だって」

「おめえ、どう思う」と重吉は喜助を見た、「そんなこっていいと思うか、みんなが流行第一、売れるからいい、儲かるからいいで、まに合せみたような仕事ばかりして、それで世の中がまっとうにゆくと思うか、――それぁ、いまのまに合う、そういう仕事をすれぁ、金は儲かるかもしれねえ、現におめえも知ってるとおり、檜物町も金六町も店を張って、金も残したし世間から立てられるようにもなった、それはそれでいいんだ、あの二人はそうしてえんだから、それでいいんだ、――おめえ、金六町と檜物町を知ってるか」

「それぁ、そのくらいのことはね、親方」と喜助はあいそ笑いをした、「まー一つ、お酌しましょう」

重吉は盃をみつめた。

「あの二人からみれば、おれなんぞはぶまで、どじで、気のきかねえ唐変木《とうへんぼく》にみえるだろう、けれどもおれはおれだ、女房にゃあ済まねえが、おらあ職人の意地だけは守りてえ、自分をだまくらかして、ただ金のためにするような仕事はおれにゃあできねえ」重吉はまたぐらっと頭を垂れた、「――それを、あの金六町はいやあがった。新助のやつはいやあがった。火鉢は火鉢だって、ひばちは、ひばち……」

そして重吉は泣きだした。終りの言葉はつきあげる嗚咽《おえつ》に消され、垂れた頭が上下に、うなずくように揺れた。喜助は当惑し、なにか云おうとしたが、いそいで三杯、手酌であおった。

「おらあ、くやしかった」と重吉は盃を持ったままの手で、眼のまわりを拭《ふ》いた、「向うが向うだからしようがねえ、向うはもう職人じゃあねえんだから、職人の足を洗った人間に職人の意地を云ってもしようがねえ、おらあ、黙ってた、黙ってたが、くやしかったぜ、わかるか」

「わかりますとも、よくわかりますよ」

「おめえはいい人間だ」と重吉は眼をあげて相手を見た、「――誰だっけ」

「いやだぜ親方、喜助だっていってるじゃありませんか」

「ああ、喜助さんか、——宇田川町《うだがわちょう》だな」

「まあ、注ぎましょう」喜助は酌をした。

それから喜助が酒のあとを注文したのだ。それは覚えている。おくにが来て、重吉のひどく酔っていることを認め、もう飲まないほうがいいといった。重吉は財布を出し、そこで源平が来て、ちょっとやりあった。源平は中っ腹《ちゅうっぱら》なようなことを云い、重吉は財布を投げだして、立ちあがった。

「くそうくらえ、おらあこの人と泥棒になるんだ」と重吉はどなったのだ、「こうなったら泥棒だってなんだってやるんだ、押込みだってやってやるから、みてやがれってんだ」

それは外へ出てからのことかもしれない。喜助がしきりになだめ、二人はもつれあって歩いていた。重吉はひょろひょろしながら、女房のお直《ほ》を褒め、良吉を褒め、おつぎを褒め、亀吉をお芳を褒めた。みんなを自慢し、褒めながら、自分をけなしつけ、卑《いや》しめ、ついでに喜助のこともやっつけた。

「なっちゃねえや、なあ」重吉は相手の肩にもたれかかりながら云った、「おめえもおれもなっちゃいねえ、屑《くず》みてえなもんだ、二人ともいねえほうがいいようなもんだ
——おれにさからうつもりか」

「お宅まで送るんですよ、長沢町でしょう」

「泊るんだぜ」と重吉は云った、「今夜はおめえとゆっくり話をしよう、古い友達と会って話すなあ、いい心持のもんだ、泊るか」

「お宅へいってからね、親分、お宅にだって都合があるでしょうから」

「すると、泊らねえっていうのか」

「危ねえ、駕籠《かご》にぶつかりますぜ」

喜助は重吉を抱えて駕籠をよけた。

そうして長沢町のうちへ帰り、むりやりに喜助を泊らせた。時刻もおそかったらしいが、彼は喜助を古い友達だと云い、久しぶりだから、二人で飲みながら話し明かすのだと云った。子供たちはみんな寝ていたようだ。お直が酒の支度をし、喜助がしきりになにか辞退していた。それを聞きながら、重吉は云いようもなくくたびれてきて眠くなり、そこへ横になった。

「おめえはやっててくれ」重吉は寝ころびながら云った、「おらあ、ちょっと休むから、ほんのちょっとだ」

そしてお直に、「すぐに起きるんだから、この友達を帰したら承知しないぞ」と云った。

そのまま眠ってしまったのだ。なにも知らなかった。たぶん明けがただろう、泥棒、という言葉を二度ばかり、夢うつつに聞き、夢をみているんだなと思い、死ぬほど喉が渇いているのに気がついた。しかし、手を伸ばして、土瓶を取る精もなく眠り続けた。——半睡半醒《はんすいはんせい》といった感じで、お直や子供たちの声を聞き、食事をする茶碗や箸《はし》の音を聞いた。そして、それらが静かになるとまた眠りこみ、豆腐屋の呼び声で眼がさめた。路地をはいって来た豆腐屋を、お直が呼びとめ、「やっこを二丁」と云っていた。

重吉ははっきりと眼をさまし、しまった、と掻巻《かいまき》の中で首をすくめた。

「とんだことをしたらしいぞ」と彼は口の中でつぶやいた、「なにか大しくじりをやったらしい、うっ」

すると、枕元《まくらもと》へ誰か来て、そっとささやいた。

「たん、起きな」それはお芳であった、「あの人どよぼうだよ」

八

「云うんじゃないっていったのに、しょうのない子だねえ」とお直が云った、「——

もうこのへんがよさそうよ」

彼女は箸で鍋の中の豆腐を動かした。膳の脇にある七厘《しちりん》の上で、湯豆腐の鍋がさかんに湯気を立てている。重吉は盃をもったままで、その湯気を仔細《しさい》らしく眺めていた。半刻《はんとき》ほどまえに起き、銭湯へいって来てから、その膳に向って二本飲んだのであるが、酒の匂いが鼻につくばかりで、少しも酔うけしきがなく、気持もまるでひき立たなかった。

「たべてみなさいな」とお直が云った、「熱いものを入ればさっぱりしますよ」

「どんな物を取ってったんだ」

「そんなこと忘れなさいったら、物を取られたことより、親切を仇《あだ》にされたことのほうがよっぽどくやしいわ」とお直が云った、「それに、おまえさんの友達なら困るけれど、知らない他人だっていうんだからよかった、他人ならこっちは災難と思えば済むんだから」

重吉は眼をあげてお直を見た、「出てゆくのを見た者はねえのか」

「良が見たそうよ、戸口のところで振返って、お世話になりましたって、低い声で云ったんですって」お直は七厘の口をかげんした、「うちの者を起こすまいとしているんだって、良はそう思ったものだから、そのまま眠ってるふりをしたんですってさ」

「あいつは」重吉は口を二度、三度あけ、それから恥じるように云った、「良のやつは、怒ってたろうな」

「なにを怒るの」

「おれがあんな野郎を、伴れこんで来たことをよ」

「良がなんて云ったか教えましょうか」とお直は亭主を見た、「——もしちゃんがこんなことをしたんなら大ごとだ、こっちが盗まれるほうでよかったって、良はそう云ったきりですよ」

「そうか」と重吉は細い声で云って、ひょいと盃を上へあげた。なにか云うつもりだったらしい。それとも心の中で云ったのかもしれないが、その盃を膳の上に置くと、そこへごろっと横になった、「まだ眠いや」

「少したべて寝なさいな、すきっ腹のままじゃ毒ですよ」

「まあいいや、ひと眠りさしてくれ」

お直は文句を云いながら立ちあがった。

枕を持って来て当てがい、掻巻を掛けてくれた。重吉は考えようとしたのだ。すっかり醒《さ》めたようでもあり、宿酔《ふつかよい》が残っているようでもあり、頭はぼんやりしているし、ひどく胸が重かった。眼をさましているつもりでいて、つい眠りこみ、子供たちの声で眼をさましたが、掻巻を頭からかぶって、ずっと横になったままでいた。

灯がついて夕飯になったとき、良吉が父親を起こしに来た。重吉はなま返事をし、お芳が向うからなにか云った。すると良吉が、芳坊は黙ってな、と叱《しか》り、戻っていって食事を始めた。——重吉は考えに考えたあげく、すっかり心をきめていた。自分の決心がたしかであるかどうかも、繰り返し念を押してみたうえ、みんなの食事の終るのを待った。

「ちょっと、みんな待ってくれ」

食事が終ったとき、重吉は起きあがって、そこへ坐り直した、「そのままでいてくれ、おれはちょっと、みんなに」

「よせやい」と良吉が云った、「そう四角ばるこたあねえや、酒だろ、ちゃん」

「うん」と重吉はうなずいた、「——酒だ」

「あたしがつけるわ」とおつぎが立った。

重吉はお直に云った、「片づけるのは待ってくれ、そのまんまにして、みんな立たねえでそこにいてくれ」

「酔っぱやってんだな、たん」とお芳が云った。

お直は立って、酒の燗のつくうちに片づけよう、このままではきたなくてしようがない、そう云って手ばしこく膳の上を片づけ、お芳と亀吉がそれを手伝った。良吉はこのごろ読み書きを習いにかよっている。一つ向うの路地にいる浪人者の家で、小さな寺子屋をやっており、夜だけかよっているのだが、彼は「今夜はおくれちゃった」と云いながら父親には構わず、道具を揃えて立ちあがった。

「そうか」と重吉は気がついて云った、「おめえ手習いだったな」

それもではなをくじかれ、重吉はまるで難をのがれでもしたような、ほっとした顔になり、かしこまっていた膝を崩して、あぐらをかいた。——良吉は出てゆき、酒の支度ができた。お直とおつぎは内職をひろげ、重吉はお芳と亀吉をからかいながら、手酌で飲みだした。こんどは酒がうまくはいり、気持よく酔いが発してきた。

「十日戎《とおかえびす》の売り物は」重吉は鼻声で低くうたいだした、「——はぜ袋に、とり鉢」

「わあ、またおんなじ唄だ」とお芳がはやしたてた、「おんなじ唄で調子っぱじゅえだ」

「芳坊」とおつぎがたしなめた。

「いいよ、芳坊の云うとおりだ」重吉はきげんよく笑った、「ちゃんの知ってるのは昔からこれだけだ、おまけに節ちがいときてる、こんなに取柄のねえ人間もねえもんだ、なあ」

良吉が帰って来たときにはすっかり酔って、勘定はゆうべみんな飲んじまったぞ、などといばっていた。それからまもなく横になり、なにかくだを巻いているうちに眠りこんだ。自分ではまだしゃべっているつもりで、ひょっと眼をさますと、行灯が暗くしてあり、みんなの寝息が聞えていた。――彼は着たままで、それでもちゃんと夜具の中だったたし、彼により添って亀吉が眠っていた。隣りの家で誰《だれ》かの寝言を云う声がし、表通りのほうで犬がほえた。

重吉はじっとしたまま、かなり長いこと、みんなの寝息をうかがっていて、それから静かに夜具をぬけだした。亀吉はびくっとしたが、夜具を直し、そっと押えてやると動かなくなった。重吉はあたりを眺めまわし、口の中で「手拭《てぬぐい》ひとつでいいな」とつぶやいた。そのとき遠くから鐘の音が聞えて来た。白《しろ》かね町《ちょう》の時の鐘だろう、数えると八つ（午前二時）であった。聞き終ってから立って勝手へいった。

勝手は二帖の奥になっている。音を忍ばせて障子をあけ、手拭掛けから乾《かわ》いている手拭を取り、それで頬冠《ほおかむ》りをした。そうして、勝手口の雨戸を、そろそろと、極めて用心ぶかくあけかかったとき、うしろでお直の声がし、彼はびっくりして振返った。

「どうするの」お直は寝衣《ねまき》のままで、暗いから顔はわからないが、声はひどくふるえていた、「どうするつもりなの、おまえさん、どうしようっていうの」

「おれはその、ちょっと、後架《こうか》まで」

お直はすばやく来て彼を押しのけ、三寸ばかりあいた戸を静かに閉めた。

「後架へゆくのに頬冠りをするの」とお直が云った、「さあ、あっちへいってわけを聞きましょう、どうするつもりなのか話してちょうだい」

九

二人は二帖で向きあって坐った。行灯は六帖にあり、暗くしてあるから、お互いの顔もぼんやりとしか見えない。それが重吉にはせめてもの救いで、固く坐ったまま、声をひそめてわけを話した。口がへただから思うとおりには云えないが、とにかく話せるだけのことは話し、どうかこのままゆかせてくれ、と頭をさげた。お直はわなわなとふるえていて、すぐには言葉が出なかった。

「そう、——」とやがてお直がうなずいた、「そうなの」とお直は歯のあいだから云った、「そうして、お蝶さんといっしょになるつもりね」

重吉は息を止めてお直を見た。

「おめえ」と云って、彼は息を深く吸い、静かに長く、吐きだした、「そんなことじゃねえ、お蝶なんてなんの関係もありゃあしねえ、おれがいちゃあみんなのためにならねえっていうんだ」
「なにがみんなのためにならないの」
「いま云ったじゃあねえか」重吉はじれたように力をいれて云った、「おらあ、だめな人間なんだ、職人の意地だなんて、口では幅なことを云ってる、むろん意地もなかあねえが、おれだって人間の情くらいもってる、てめえの女房子に苦労させてえわけじゃねえ、できるんなら当世向きの仕事をして、おめえや子供たちに楽をさせてやりてえんだ、そう思ってやってみたけれども、幾たびやってみてもできねえ、いざやってみるとどうしてもいけねえ、どう自分をだましても、どうにもそういう仕事ができねえんだ」
「できないものをしようがないじゃないの」
「それで済むか」と重吉が遮った、「このあいだ金六町にも云われた、時勢を考えろ、いまのままじゃあ、かみさんや子供たちが可哀そうだって、云われるまでもねえ、てめえでよく知ってた、けれどもそう云われてみて、初めて、本当におめえたちが可哀そうだということに気がついた、檜物町や金六町はあのとおり立派にやっているし、二人はおれの相談に乗ろうと云ってくれる、だがおらあだめだ、おれにはどうしたって、あの二人のようなまねはできやしねえんだ」

「できないものをしようがないじゃないか」と、こんどはお直が遮った、「人間はみんながみんな成りあがるわけにはいきゃあしない、それぞれ生れついた性分があるし、運不運ということだってある。檜物町や金六町はそうなれる性分と才覚があったから成りあがったんでしょ、おまえさんにはそれがないんだからしようがないじゃないか」

「だからよ、だからおれは」

「なにがだからよ」とお直は云った、「お前さんの仕事が左前になって、その仕事のほかに手が出ないとすれば、あたしや子供たちがなんとかするのは当然じゃないの、楽させてやるからいる、苦労させるから出てゆく、そんな自分勝手なことがありますか」

「おれは自分の勝手でこんなことを云ってるんじゃねえんだ」

「じゃあ、誰のことを云ってるの、あたしたちがおまえさんの出てゆくのを喜ぶとでもいうのかい、おまえさん、そう思うのかい」

お直はふるえる声を抑《おさ》えて云った、「――二十日ばかりまえのことだけれど、檜物町がここへ来て、あたしに同じようなことを云ったわ、いまのようでは、うだつがあがらない、うちの仕事をするようにすすめてくれ、そうすればもうちっと暮しも楽になるからって」
「やっぱり、檜物町が来たのか」
「来たけれどおまえさんには云わなかったし、檜物町にも、あたしは仕事のことには口だしをしませんからって、そう断わっておきました」お直は怒ったような声で続けた、「――おまえさんがそんな仕事をする筈もなし、あたしたちだっておまえさんにいやな仕事をさせてまで、楽をしようとは思やしません、良は十四、おつぎは十三、あたしだってからだは丈夫なんだから、一家六人がそろっていればこそ、苦労のしがいもあるんじゃないの」
「そいつも考えた、いちんち、ようく考えてみたんだ」と重吉は云った、「けれどもいけねえ、昨日お店で勘定を貰ってみてわかったが、勘定はこっちの積りの半分たらずで、これからは売れただけの分払いだという、つまりもうよしてくれというわけだ、これまでだって満足な稼ぎはせず、飲んだくれてばかりいたあげくに、見も知らねえ男を伴れこんで、ありもしねえ中から物を盗まれた、もうたくさんだ、自分で自分にあいそがつきた、おらあこのうちの疫病神《やくびょうがみ》だ、頼むから止めねえでくれ、おらあ、どうしてもここにはいられねえんだ」

「そいつはいい考えだ」と云う声がした。

突然だったので、重吉もお直もとびあがりそうになって、振返った。六帖のそこに、良吉が立ってい、その向うにおつぎも亀吉も、お芳までも立っているのが見えた。

「そいつはいいぜ、ちゃん」と良吉は云った、「どうしてもいたくねえのならこのうちを出よう」

「良、なにを云うんだ」とお直が云った。

「けれどもね、ちゃん」と良吉は構わずに云った、「出てゆくんなら、ちゃん一人はやらねえ、おいらもいっしょにゆくぜ」

「あたいもいくさ」とお芳が云った。

「芳なんかだめだ」と亀吉が云った、「女はだめだ、いくのはおいらとあんちゃんだ、男だからな」

「みんないくのよ」とおつぎが云った、「放ればなれになるくらいなら、みんなでのたれ死にするほうがましだわ」そしておつぎは泣きだした、「そうだわね、かあちゃん、そのほうがいいわね」

「よし、相談はきまった」と良吉がいさんで云った、「これで文句はねえだろう、ちやん、よかったら、支度をしようぜ」

「良、――」とお直が感情のあふれるような声で呼びかけた。

重吉は低くうなだれ、片方の腕で顔をおおった。

「おめえたちは」と重吉がしどろもどろに云った、「おめえたちは、みんな、ばかだ、みんなばかだぜ」

「そうさ」と良吉が云った、「みんな、ちゃんの子だもの、ふしぎはねえや」

おつぎが泣きながらふきだし、次に亀吉がふきだし、そしてお芳までが、わけもわからずに笑いだし、お直は両手でなにかを祈るように、しっかりと顔を押えた。

十

いうまでもなく、一家はその長屋を動かなかった。お直と良吉の意見で、重吉は「五桐」の店をひき、自分の家で仕事をすることにした。

これまでも自分が古いとくいを廻《まわ》り、注文を取って来たのだから、店をとおさずに自分でやれば、数は少なくとも、売れただけそっくり自分の手にはいる。「五桐火鉢」といわなくともいい、蒔絵の模様も変えよう。そのうちにはまた世間の好みが変って、彼の火鉢ににんきが立つかもしれない。いずれにせよ、やってみるだけの値打はある、ということになったのであった。

それが思惑どおりにゆくかどうかは、誰にも判断はつかないだろう。長屋の人たちはうまくゆくように願った。かれらはみな重吉とその家族を好いていたから——しかし、それからのちも、長屋の人たちは重吉が酔って、くだを巻く声を聞くのである。こんどは十四日、晦日《みそか》ではないし、せいぜい月に一度くらいであったが、それは夜の十時《四ツ》ごろに長屋の木戸で始まり、同じような順序で、戸口まで続くのである。

「みんな飲んじまった、よ」と戸口の外で重吉がへたばる、「二貫と五百しきゃ、残ってないよ、ほんとに、みんな飲んじまったんだから、ね」

「はいっておくれよ、おまえさん」とお直の声をころして云うのが聞える、「ご近所に迷惑だからさ、ごしょうだからはいっておくれ」

「はいれない、よ」重吉がのんびりと答える、「みんな飲んで、遣っちまったんだから、銭なんか、ちっとしきゃ残ってないんだから、ね、いやだよ」

良吉が代り、やがてお芳の声がする、「たん、へんな」とお芳は気取って云うのであった、「へんなって云ってゆでしょ、へんな、たん、たん」

花宵

一

清之助《せいのすけ》のきよがき（お清書《せいしょ》）をつくづくと見ていた母親のいねは、しずかに押し戻してやりながら、

「よくおできでした」

とやさしく云《い》った。

「あなたの字はのびのびとしていて、見ていると心がすがすがしくなります。けれど、もう少し丁寧にお書きなさるともっとみごとになると思います。……このつぎはこれよりお上手なのを見せて戴《いただ》きましょうね」

「はい」

清之助はあっさりとおじぎをした。弟の英三郎《えいさぶろう》はそれを待ち兼ねたように、自分のきよがきを母のほうへさしだした。

——今日こそ褒めて戴けるぞ。

お師匠さまのところから帰る道みちそう思いつづけて来たのであった。なぜなら、兄のものには点がないけれども、かれのものには点が二つついていたからである。そのお師匠さまが二つ点をつけるなどということはまったくめずらしいことであった。

――今日こそ兄上に勝てるんだ。

そう思いながら英三郎は自慢そうにちらちらと兄のほうを眼の隅《すみ》で見た。清之助は知らぬ顔で庭を見ていた。

「よいお点を戴いておいででした」

いねはよくよく文字を見てから云った。

「お点はよいと思いますけれど、母にはおまえの字はよいとは思えません。いつも云うとおり、おまえは兄さまの字をよく拝見して、もっともっと勉強しなければいけないと思います」

「…………」

「英三郎、おわかりですか」

母のこえはきつかった。今日こそ褒めて貰えると信じていた英三郎は、思いのほかの言葉に胸がいっぱいになり、ちょっと返辞もできなかったが、母のきつい声を聞いてようやくそこへ手をつきながら「はい」と答えた。そして兄のあとから廊下へ出る

とすばやく指で眼をぬぐった。清之助はいばって肩を張り、自分たちの部屋へはいるとき、

「えへん、ぷい」

と云った。英三郎は黙って自分の机の前へいって坐った。

「英三郎、山へ行かないのか」

「行きません」

「どうしてさ、行くと約束したじゃないか」

英三郎はきよがきを二つに折って抽出《ひきだし》へしまい、本箱の中から手に当った書物をとりだして机の上にひろげた。清之助はずかずかとそばへ寄って来て弟の肩を押した。

「武士の子が約束をやぶるという法はないぞ、さあいっしょに行こう」

「いやです」

「なぜいやなんだ」

「勉強するんです」

英三郎はひろげた書物の上へかぶさるようにしながら云った。

「母上が勉強しろとおっしゃったんですから、だからわたくしは勉強するんです」

「それなら帰ってからだっていいじゃないか。勉強の時間はきまっているのに今日だ

けそんなことを云うのはへそまがりだぞ」

「だって母上が……」

「英三郎」

ふいに廊下で母親の声がした、兄弟はびっくりして振り返った、母親は障子《しょうじ》のそとに立ちどまったまま、

「兄さまが行こうとお云いなさるのになぜ行かないのです、母はいますぐ勉強をなさいとは申しません、行っておいでなさい」

「お許しがでた、行こう英三郎」

清之助はいきなり弟の手をとって立たせた、母親はしずかに奥のほうへ去った。

――母上はどうしてあんなに兄上だけ御贔負《ごひいき》になさるのだろう、やっぱりあの噂《うわさ》が本当なのではないかしら。

夜になって寝間へはいってから、英三郎はいつも考える同じことをまた考えめぐらした。ずっとまえにはそうではなかった。

父が生きていた頃にはそんな不平は少しも感じなかった。それが二年まえの秋に父が亡《な》くなってから、にわかに母はきびしくなった。

ただきびしくなったのではない、兄に対してはまえと少しも変らないのに、英三郎

にだけはずいぶんこまかいところまできびしいのである。

武家では長幼の順が厳重だから、兄に対して弟がいちだん低い礼をとるのは当然であるが、この頃では英三郎の身につける衣服や袴《はかま》まで兄のおさがりときまってしまった。

——英三郎おまえがいけません。

どんな場合でも母はそう云って彼を叱《しか》った。どんなに兄が無理なときでも叱られるのは彼だった。

——おまえが悪いのです英三郎、兄さまにお詫《わ》びをなさい。

そういうことがたび重なるにしたがって、英三郎のおぼろな記憶のなかから或《ある》ひとつの言葉がよみがえって来た。それはもうずっと昔のことであるが、兄とふたりで庭で遊んでいたとき、客間の広縁《ひろえん》のところから父と来客の老人とがこっちを見ていた。ふたりは英三郎と清之助の遊んでいるさまを眺めていたらしかったが、そのうちにふと客の老人がひとりごとのようにつぶやいた。

——まるでまことの兄弟でございますな。

二

言葉はそのとおりではなかったかもしれない、けれども英三郎の記憶にはそういう意味で残っていた。そのときは妙なことを云う御老人だと思っただけですぐ忘れてしまったけれども、この頃になってひとりで考えることが多くなるのといっしょに、その老人のふしぎな言葉がしきりと思いだされるのであった。

——もしや自分は継《まま》の子ではないかしら。

考えるだけでも眼の前が暗くなるような気持であるが、ともすると英三郎はそのことを思いつづけるようになった。

「そうだ、本当にそうかもしれない」

彼はよくそうつぶやいた、そしてだんだんと口数がすくなくなり、自分の部屋にとじこもってひっそりと本を読んでいることなどが多くなった。そういうときに読むのはきまって曾我《そが》物語であった、ことに「小袖乞《こそでご》い」のくだりはいくど繰返して読んでも飽きなかった。

小袖乞いのくだりは、十郎祐成《じゅうろうすけなり》と五郎時致《ごろうときむね》の兄弟がいよいよ父の敵を討ちにゆくとき、それとは云わずに母へいとまごいをする、兄の十郎は母に可愛がられているので、餞別《せんべつ》にといって母から小袖を貰う、それで五郎がわたくしにもとお願いをするが、五郎はまえに母の心にさからって勘当されていたため、いくらお願いしても小袖が貰えないのである。しまいには兄のとりなしでようやく勘当をゆるされ小袖も貰えるのであるが、母につれなく叱られて五郎の身も世もなく泣くところが英三郎にはいかにも悲しく、読むたびに涙が出てしかたがないのだった。

その夜もおなじことを考えつづけたあと、英三郎はまた曾我物語をとりだし、有明《ありあけ》行燈《あんどん》の灯《ひ》をほそくして読みながら寝た。……そんなことは曾《かつ》てないのに、小袖乞いのくだりでまた泣かされたあと、泣きながらとろとろと眠ってしまったらしい。

「英三郎、……英三郎」

と呼ばれてはっと眼をさますと、枕元《まくらもと》に母が坐っていた。彼はびっくりして起き直った、母の右手には曾我物語の本が握られていた。

「あかりをつけたまま寝るとはなにごとです」

「はい、悪うございました」

「それだけではありません、夜具の中で本など読んではならぬと、いつも母が云ってあるのを忘れたのですか」

英三郎は両手をついて顔を伏せた。

「おゆるしください母上、もう決して致しません」

「今夜はもう更《ふ》けているからゆるしてあげます」

母はそう云いながら立った。

「顔がよごれていますよ、洗って来てすぐにおやすみなさい。この本は母が預かります」

武家は朝が早い、兄弟はずっと幼い頃から真冬でも四時《七ツ》には起される、水でからだを清め、庭へ出て汗のながれるまで木剣を振る、それからもういちど洗面して食事をとり、武術の稽古《けいこ》と学問の勉強にそれぞれの師匠のもとへゆく、帰るのはたいてい午後三時《八ツ半》すぎであった。

武術や学問の稽古にかようときは、必要な道具に弁当を持つために下僕《げぼく》がひとり供をしてゆくのが習慣であったけれど、父が亡くなってから間もなく兄弟は供なしでかようようになった。それは家計をきりつめるためであった。父の森脇六郎兵衛《もりわきろくろうべえ》は掛川《かけがわ》藩《はん》（今の静岡県《しずおかけん》掛川市）のお徒士番《かちばん》がしらで二百五十石《こく》ほどの食禄《しょくろく》であったが、父が亡くなると共に食禄が半分になった。長男清之助が十五歳になると家督を相続することができる。そうすれば元どおり二百五十石全部貰えるのだが、相続するまでは半分だけしかさがらないのが定《き》まりだった。そして清之助が十五歳になるまであと二年あった。そのあいだ家計をよほどきりつめなければならないので、下女と下僕は一人ずつ残してみんな暇をだしてしまった。——清之助がお城へあがれるようになるまでは、みんなできるだけ辛抱して倹約をしましょう。

母はそう云って、稽古がよいの供をやめさせたのである。それはよくわかっていた、けれどそれ以来英三郎は自分の道具や弁当のほかに兄の分まで持たされることになった。

——弟が兄の物を持ってあるくのはあたりまえだ。清之助はいばってそう云うし、母もそれが当然のことのように云った。はじめからそうしていたのならべつだけれど、いままで下僕の役だったのを自分がするのだと思うとこれまた英三郎にとっては悲しく辛いことの一つだった。まえの晩、更けてから母に呼びおこされて叱られたので、あくる朝いつもの時刻に起きたけれど、英三郎は寝足りないようで眼がしぶかった。

「おい英三郎、来てみろ、満開になったぞ」

さきに井戸端へ出て、元気にからだを拭《ふ》いていた清之助は、弟が庭へおりて来るのを待ち兼ねて叫んだ。庭の隅にある桜の老木が、まだほの暗い朝の光のなかでみごと

に満枝の花を咲かせていた。英三郎はねむい眼がいっぺんにさめたように思い、

「本当ですね、ずいぶんよく咲きましたね」

と云いながら兄のほうへ近よっていった。

三

「あの花の下で仕合をしないか、英三郎」

清之助はいいことを思いついたというように、いきいきと眼を輝かせながら、

「ただ木剣を振るだけじゃつまらない、今朝はふたりで仕合をしよう、満開の花の下で武術の稽古をするなんて寛永《かんえい》武士みたいでいいじゃないか」

「でも道具を汗にしてしまうと……」

「道具なんかつけやしない木剣でやるんだ」

「だってそれでは怪我をしますもの」

「よせよ、おれとおまえとでは段がちがう、どんなことがあったっておまえに怪我をさせるようなへまはしないよ、さあやろう」云いだしたらきかない兄だし、段ちがいと云われたことも癪《しゃく》だった。いつもの稽古肌着に短袴《たんこ》をつけた英三郎は、鉢巻をきっ

と締めると、云われるままに桜の木の下へすすんでいった。清之助はにやっと笑った。「よしその元気だ、遠慮はいらないから思うぞんぶん打ち込んで来い、いいか」

「……いざ」英三郎は木剣をとって身構えをした。

ひっそりとした朝の空気を縫《ぬ》って、どこか裏のほうで鶏の鳴く声がした。空はしだいに明るくなり、頭上の雲があかね色に染まりだした。……頭の上へたかく木剣をふりかぶった兄の姿を、じっと睨《にら》みつけていた英三郎は、やがて「えい」と叫びながら地面を蹴立《けた》てて打ち込んだ。

おうと答えて清之助は右へよけた。英三郎はすさまじい姿でそれを追った。木剣と木剣とが打ち合ってはげしい音をたてて、ふたりの位置は右へ左へと変った。

「その調子だ、元気で来い」清之助は弟の木剣を巧《たく》みにそらしながら自由にとびまわった。英三郎は逆上してしまった。自分の腕の立たないのも口惜《くや》しく、まるでこっちをからかっているような兄の態度はさらに口惜しかった、それで遂《つい》には法も型もなくめちゃくちゃに打ってかかった。

「おっと危い、そらこっちだ、しっかりしっかり」

清之助は面白がって縦横に弟をひきまわしていたが、やがて木剣をとり直すと、

「こんどはこっちから打ち込むぞ」と云いさま、えいと叫んで踏みだし、はげしい力

で下からはねあげた、英三郎の木剣は咲きほこる桜の花のなかへはねとび、ぱっと雪のようにはなびらを散らせながら遠くのほうへ落ちた。

「……まいった」英三郎が茫然《ぼうぜん》として叫ぶと、

「まだまだ、こんどは組み打ちだ」と云いながら、清之助は木剣を投げだしてとびついて来た。

「まいった、兄上わたくしの負けです」

「なに勝負はこれからだ、えい、そら元気で来い」

「もういやです」振り放そうとするのを、清之助は構わずひっ組んで投げ、ぐっと馬乗りになると、

「源平須磨《げんぺいすま》の浦《うら》の戦《いくさ》だ、おれは熊谷《くまがい》の次郎直実《じろうなおざね》、おまえは無官の太夫敦盛《たゆうあつもり》だ。いいか、こう組み伏せたら動けまい」

「……まいった」

「まて、いま首級をあげるところだ、えい」清之助は右手で首を掻《か》く真似をすると、ようやく弟の上からとび退《の》き、「敦盛を討ちとったぞ」と大ごえに名乗りをあげた。

英三郎はすぐにはね起きた。そしてからだについた泥を払おうともせず、まっすぐに駆けだしていって広縁へあがり、自分の居間へはいったと思うと、すぐに刀を持って

とびだして来た。するとそのようすを見ていたのであろう、母が走って来てすばやく前へ立ち塞《ふさ》がった。

「英三郎お待ち、おまえ刀を持ちだしてどうするつもりです」

「兄上と、兄上と果合《はたしあい》をします」

英三郎の顔は蒼白《あおじろ》くひきつッていた。

「お黙りなさい、なんということを云うのです、兄さまと果合をするなどと云ってまえ」

「行かせてください。兄上はいまわたくしの首を掻く真似をしたんです。いくら兄上だってあんまりです、武士の子が自分の首を掻く真似をされて黙ってはいられません、お願いです母上、どうか果合をさせてください」

「なりません、どうしても果合をするというのなら、この母を斬《き》ってからになさい」

「……母上」思いもかけぬ言葉を聞いて、英三郎はびっくりしたように母を見た。本当にびっくりしたような眼つきだった、そしてしばらくはものも云えずに母の顔を見あげていたが、急にわっと泣きながらそこへ坐《すわ》ってしまった。

「そんなに、そんなに母上は兄上だけが可愛いんですか、英三郎は憎いんですか。英三郎は母上の子ではないのですか」

彼は泣きながら訴えた。

四

「兄上はどんなことをしたって叱られない、どんなときでもお叱りをうけるのはわたくしです、いつでもそうです、英三郎のすることはみんなお気に召さないんですか。それは、それは母上……英三郎が母上の本当の子でないからではないのですか」

「おまえなにをお云いだ」

「わたくしはそう思います」

「英三郎」

「わたくしはいつか聞いたんです」彼は夢中で云った。

「ずっとまえに御老人のお客が、わたくしと兄上の遊んでいるところをみながら『本当の兄弟のようだ』と云っていました、本当の兄弟のようだというのは……」

「お黙り、お黙り英三郎」母は顔色を変えてさえぎった、それからじっと英三郎をみつめながら、「こちらへおいで」と云って、仏間へはいっていった。英三郎も涙をぬぐいながら、あとから立っていって母の前へ坐った。母のいねは向き合って坐ってからも、しばらくなにも云えないようすで黙っていた。まだ夜の残っている暗い部屋に、あげたばかりの仏壇の燈明《とうみょう》がまたたいていた。

「おまえはいま、母がおまえを憎んでいるとお云いだった、兄さまは叱らないでおまえばかり叱るとお云いだった」

いいねはやがて低い声で云いだした。

「そうお云いだったけれど、おまえは自分が悪いのではないかと自分でいちどでも考えてみたことがありますか。それは兄さまよりもおまえのほうにきびしくしているのは本当です、なぜなら兄さまはこの森脇の家を継《つ》いで、一生母のそばにいる人です。けれどおまえは成人すれば他家へ養子にゆくか、または分家して一家をたてなければなりません、いつかは母のもとを去って他人の世界へゆく人です。……そうなってしまえばもう母は面倒をみてあげることができないのです、悲しいことも嬉《うれ》しいことも、おまえは自分ひとりの力で耐えてゆかなければならない時が来るのです」母親は云いさしてそっと眼をぬぐったが、すぐに涙を隠してつづけた。

「清之助はあのとおり元気で性質も明るくひとりで何処《どこ》へはなしても安心だと思いますけれど、おまえは幼い頃から気の弱い子でした、少しのことにも感じやすく、すぐ自分とひとを比べて考える癖があります。昨日のきゝゝ、、よがきもそのとおり、おまえはよい点をとって兄さまに勝とうという気持でいる、それではいけないのです。それではよいお点をとったところでゆきどまりになってしまいます。学問でも武芸でもみな一生の修業ですが、それは掛川藩のため、ひいては御国のお役にたつのでなければだめです。『おれが』という自分だけ偉くなる気持では、どれほど学問武芸にぬきんでたところで少しも値うちはありません。……兄さまに勝つことよりも、御国のお役にたつりっぱな人間になろうと努力をするのがまことの武士の道ではありませんか。おまえはもう十一歳です。『自分ばかり叱られる』とか『継《まま》の子ではないか』などというめめしいことを考えるのはおやめなさい、母はこれからも叱ります、けれどそれは、おまえがいつか森脇の家を去って、波風のあらい世間でひとりだちになるときのためです、そのとき世間から未熟者と笑わせたくないから叱ります、おまえの本当の母だから叱るのです」

「ごめんください、おゆるしください母上」

英三郎は拳《こぶし》で眼を押しぬぐいながら、さっきとはまるでちがう嬉しさの溢《あふ》れる声で云った。

「よくわかりました、わたしが悪うございました。おゆるしください」

「本当におわかりですか」

「はい、継の子だなんて云って申しわけがございません、ごめんください」彼は涙でぐしょぐしょに濡れた顔をあげ、泣き笑いをしながらじっと母をみつめた、

「でも母上、英三郎は安心しました。もう、……いくらお叱りをうけても大丈夫です」


「いやな英三郎ですね、叱られて大丈夫だということがありますか」母親はそう云いながら思わず笑いだした、けれど「本当の母だから叱る」というひと言がこんなにもわが子をよろこばせたかと思うと、笑いながら眼の裏がじっと熱くなるのを感じた。

「このご本は返してあげましょう」立ちあがった母は、ゆうべ持ち去った曾我物語をとりだして来てわたした。

「これからは小袖乞いばかり読んではいけませんよ」

「どうしてそれをご存じなのですか」

母は答えずにただそっと微笑した。

「さあ、兄さまが待っておいででしょう、早くごぜんにしてお稽古へおいでなさい」

五

春の夜にはめずらしい青白く冴《さ》えた月が宵空《よいぞら》にかかっていた。庭の桜に吹く風もなくて、どこか近くの屋敷から小謡《こうたい》の声と鼓《つづみ》の澄んだ音《ね》がのどかに聞えてくる。

「どうするんですか、兄上」

「夜桜を見るのさ、いい月だぞ」

清之助をさきに、そのあとから英三郎が、そっと庭へおりて桜の花かげへやって来た。

「ややよく冴えているなあ、まるで冬のようじゃありませんか」

「もっとこっちへ来ないか」

「此処《ここ》のほうがよく見えますよ、ちょうど花の枝のあいだでいい眺めです」

「なあ英三郎」清之助が低い声で突然なことを云った。

「われわれはいい母上をもったなあ」

「……え？」

「おまえそう思わないか」

英三郎はふり向いたが、兄がじっとこちらをみつめていたのでまごついた、清之助の眼は泣いたあとのように光を帯びていた。

「今朝おまえが母上に叱られているのを、おれは襖《ふすま》の蔭《かげ》からすっかり聴いていたんだ」

「どうしてそんなことをしたんです」

「継の子という言葉が聞えたからさ」

清之助はずばずばとした調子で云った。

「いつか老人の客が『まるで本当の兄弟のようだ』と云ったのはおれも覚えている、けれどもおまえがそれを自分のことだと考えていようとは思わなかった」

「兄上もあれをお聞きになったんですか」

「おまえでさえ聞いたものを二つも年上のおれが聞きのがすと思うのかい、しかもおれにとっては自分のことなのだぞ」

「……兄上」びっくりして英三郎がなにか云おうとするのを、清之助はしずかに制してつづけた。

「嘘ではない、あの老人の客というのは江戸屋敷にいる瀬川主馬《せがわしゅめ》という人で、おれのためには母方の祖父にあたるのだ。おれの母は森脇家へ輿入《こしいれ》をして、おれを生むとすぐ亡くなったんだ、そのあとへおいでになったのがいまの母上なんだ」

「でも、……でもどうして兄上がそれを知っているんです」

「瀬川のお祖父さまがすっかり話してくだすったんだ、そして『けれどもおまえはいまの母を本当の母だと思え、かりにも継《まま》しい考えをおこすようでは武士とは云えぬぞ』とお云いなすった。おれは驚かなかった、だっていまの母上のほかに母上があるなどとは想像もできやしない、……ただ父上が亡くなってから」清之助はそこでちょっと云いよどんだが、すぐにいつもの活潑《かっぱつ》な言葉つきで、

「……おまえにだけ母上がきびしくおなりなすった、おまえは自分の叱られることを悲しがっていたが、おれは却《かえ》って叱られるおまえがうらやましくてしようがなかった、生まれてはじめて『おれは継の子だから叱って戴けないんだ』と考えるようになった。そしてどうかして叱って戴けるようにと思って、おまえに意地悪をしたり乱暴したりしたんだ」

「瀬川のお祖父さまに知れたらどんなに怒られるだろう」

清之助はこつんと自分の頭へ拳骨《げんこつ》をくれた。

「今朝おまえを叱っていらっしゃるのを聴いて、おれは母上のお心がはじめてわかった、『清之助は森脇の家を継いで、一生母のそばにいられるからよい、おまえは分家

して世間へ出るからきびしく育てるのだ』そうおっしゃるのを聴いたとき、おれは自分が恥ずかしくて涙が出てきた。そしてこんな単純なおなさけさえわからず、あべこべに母上をお恨み申していたかと思うとまったく自分がいやになった」

「そうです、英三郎もそう思いました」

「おれたちは……」と清之助は溜息《ためいき》をつくように云った。

「おれたちはこれまでにも、どんなにたくさん母上のおなさけをみのがしているかしれないんだ、それを忘れぬようにしようぞ英三郎、これからは常に母上のお心をみはぐらないようにな」

「兄上、英三郎はりっぱな武士になります！」

「そうだ、母上のお望みはそれひとつだ、掛川藩のため、ひいては御国のお役にたつべきもののふになるんだ、やろうぞ」そう云って弟の肩を叩くと、弟もまた涙にうるんだ眼で力づよく兄を見あげた。

「……清之助はお庭ですか」

広縁のほうで母の呼ぶ声がした。ふたりはいそいで眼を拭きながら振り返った。

「はい此処におります」

「英三郎もいますか」

「わたくしもおります母上」

「なにをしておいでです」

「夜桜を見ておりました」

清之助が大ごえに叫んだ、そしてちらと弟に眼くばせをしながら、母のいるほうへと駆けだした、英三郎もそのあとを追って走っていった。……どこかの小謡の声と、澄んだ鼓の音とはまだのどかに聞えていた。

女は同じ物語

「まあ諦《あきら》めるんだな、しょうがない、安永《やすなが》の娘をもらうんだ」と竜《りょう》右衛門《えもん》がその息子に云った、「どんな娘でも、結婚してしまえば同じようなものだ、娘のうちはいろいろ違うようにみえる、或《あ》る意味では慥《たし》かに違うところもある、が、或る意味では、女はすべて同じようなものだ、おまえのお母さんと、枝島《えだしま》の叔母さんを比べてみろ、——私は初めはお母さんよりも、枝島の、……いや、まあいい」と竜右衛門は云った、「とにかく、私の意見はこれだけだ」

一

二

梶《かじ》竜右衛門は二千百三十石《こく》の城代《じょうだい》家老である、年は四十七歳。妻のさわは四十二歳になり、一人息子の広一郎《こういちろう》は二十六歳であった。梶家では奥の召使を七人使っていた。これは三月から三月まで、一年限りの行儀見習いで、城下の富裕な商家とか、近郷の大地主の娘たちのうち、梶夫人によって、厳重に選ばれたものがあがるのであった。――その年の五月、梶夫人は良人《おっと》に向って、新しい小間使のなかのよのという娘を、広一郎の侍女にすると云った。竜右衛門は少しおどろいた、未婚の息子に侍女をつけるというのは、武家の習慣としては新式のほうであるし、従来の妻の主義からすれば、むしろ由《よし》ありげであった。

「しかし」と竜右衛門は云った、「それは安永のほうへ聞えると、ちょっとぐあいが悪くはないかね」

「どうしてですか」

「むろんそんなことはないでしょうが」と竜右衛門は云った、「一郎はもう二十六歳であるし、若い娘などに身のまわりの世話をさせていると、万一その、なにかまちがいでも」

さわ女は「ああ」と良人をにらんだ。

「あなたはすぐにそういうことをお考えなさるのね」と彼女は云った、「きっとあなたはいつもそんなふうな眼で侍女たちを眺めていらっしゃるんでしょう、若い召使などがちょっと秋波《ながしめ》をくれでもすると、あなたはもうすぐのぼせあがって」

「話をもとに戻そう」と竜右衛門は云った、「なにかそれにはわけがあるんですか」

「わたくしが仔細《しさい》もなくなにかするとお思いですか」

「それもわかった」

「広さんは女は嫌いだと云い張っています」とさわ女は云った、「安永つなさんという許婚者《いいなずけ》があるのに、女は嫌いだと云って、いまだに結婚しようとはしません、これはわたくしたちがあまり堅苦しく育てたからだと思います」

「そういうことですかな」

「そういうことですかって」

「あとを聞きましょう」と竜右衛門は云った。

「どうか話の腰を折らないで下さい」

「そうしましょう」

「それで、つまり――」とさわ女は云った、「ひと口に申せば、きれいな侍女でも付けておけば、広さんももう二十六ですから、女に興味をもつようになるかもしれないでしょう、いくら堅苦しく育っても男はやはり男でございますからね」

竜右衛門は心のなかで「これは奸悪《かんあく》なるものだ」と呟《つぶや》いた。

「なにか仰《おっ》しゃいまして」

「いやべつに」と竜右衛門が云った、「あとを聞きましょう」

「あとをですって」

「それでおしまいですか」

「わからないふりをなさるのね」

「いやわかるよ」と竜右衛門は云った、「しかしですね、もしも広一郎がその侍女に興味をもって、まちがいでも起こしたばあいは」

　さわ女は「まあ」と良人をにらんだ。

「あなたはすぐそういうことを想像なさいますのね」と彼女は云った、「広さんはあなたとは違います」

「はあそうですか」

「そうですとも、広さんは純で温和《おとな》しくって、それで女嫌いなんですからね」と彼女は云った、「それともあなたは反対だとでも仰しゃるんですか」

「とんでもない、おまえの意見に反対だなんて」

「なすったことがないと仰しゃるのね、そうよ」とさわ女は云った。

「そうしてなにかあれば、みんなわたくしの責任になさるのよ、あなたはそういう方なんですから」

「その、――どうして障子《しょうじ》を閉めるんですか」

「ちょうどいい折です」と彼女は云った、「わたくしあなたに申上げたいことがございます」

さわ女は障子をぴたりと閉めた。座敷の中はそのまま、長いこと静かになっていた。

その日、広一郎が下城したのは午後七時《六ツ半》すぎであった。彼は役料《やくりょう》十五石で藩の文庫へ勤めているが、十九歳から五年間、江戸邸《やしき》で昌平坂《しょうへいざか》学問所へ通学したというほかに、さしてとびぬけた才能があるわけではない。二十六歳にもなる城代家老の息子を遊ばせておくわけにもいかないので、せいぜい城中の事に馴れる、というくらいの意味のようであった。

広一郎が居間へはいると、母親が小間使を一人つれてはいって来た。

「今日はおさがりがたいそうおそいようですね」

「はあ」と広一郎は云った、「帰りに村田《むらた》で夕餉《ゆうげ》の馳走《ちそう》になりました」

「村田さまってどの村田さまですか」

「三郎助《さぶろうすけ》です」

と広一郎は云った。よりみちをするときは断わらなければいけません、とさわ女は云った。母さんは夕餉をたべずに待っていたんです。それは済みませんでした。そういうときはいちど帰って断わってからゆくものです。そう致しましょう、と広一郎は云った。さわ女はそこで召使をひきあわせ、今日からこれが身のまわりのお世話をします、と云った。

「私のですか」と広一郎は母を見た、「——と云うとつまり」

「あなたの侍女です」

「どうしてですか」

「あなたはやがて御城代になる方です」とさわ女が云った、「もう少しずついろいろな事に馴れなくてはいけません」

「いろいろな事って、どういう事ですか」

「いろいろな事ですよ、あなたも諄《くど》いのね」とさわ女は云った、「これは城下の茗荷《みょうが》屋《や》文左衛門《ぶんざえもん》という呉服屋の娘で、名はよの、年は十七です、うちでは紀伊《きい》と呼びますから、あなたもそう呼んで下さい」

広一郎は「はあ」と云った。

「では紀伊、——」とさわ女は云った、「おまえ若旦那《わかだんな》さまに着替えをしてさしあげなさい」

侍女は「はい」と云った。

広一郎は渋い顔をしてそっぽを見た。昼のうちに（さわ女から）教えられたのだろう、よの、否《いな》――紀伊という侍女は簞笥《たんす》をあけ、常着をひとそろえ出して、広一郎に着替えさせた。さわ女は側《そば》で見ていて、二、三注意を与えたが、概して紀伊の態度に満足したようであった。広一郎は始めから終りまで、侍女のほうへは眼も向けず、着替えが済むのを待ちかねたように、父と共同の書斎へはいってしまった。

竜右衛門はなにか書きものをしていた。たいへん熱心なようすで、息子がはいって来ても黙って書き続けていた。

「あれはどういうわけですか」と広一郎が囁《ささや》いた、「私に侍女を付けるなんて、いったいどういうことなんですか」

「おれは知らないね」

「御存じないんですって」

「知るわけがないさ」と父親は云った、「済まないが行燈《あんどん》をもう少し明るくしてくれないかね」

広一郎は行燈の火を明るくした。竜右衛門は書きものに熱中していた。少なくとも、そうやって息子の質問を避《さ》けようとしていることだけは慥からしい。広一郎はそれを理解し、唇《くちびる》で微笑しながら、父とは反対のほうに据《す》えてある（自分の）机の前に坐《すわ》った。

やがて、紀伊が茶道具を持ってはいって来た。彼女はおちついた動作で煎茶《せんちゃ》を淹《い》れ、広一郎の脇《わき》へ来て、それをすすめた。

「お茶でございます」と紀伊が云った。

広一郎は壁のほうを見たままで「ああ」と云った。

三

六月になった或る朝、広一郎は侍女の軀《からだ》つきを見て好ましく思った。

――温雅な軀つきだな。

彼はそう思った。温雅という言葉の正しい意味はべつとして、彼にはそういう感じがしたのであった。ちょうど薄着になったときで、彼女の軀のしなやかさや、弾力のある軟らかなまるみやくびれが、美しくあらわれていた。それまで眼を向けたこともなかったので、広一郎には特に新鮮で好ましくうつったようであった。

それからまもなく、彼は紀伊の肌が白いのに気づいた。非番の日で、彼は机のまわりの掃除をし、筆や硯《すずり》を洗うために、紀伊に水を持って来るように命じた。彼女は金《かな》盥《だらい》と筆洗を運んで来たが、そのとき襷《たすき》をかけていて、両方の袖《そで》が高く（必要以上に）絞られ、殆《ほと》んど腕のつけねまであらわになっていた。

広一郎は眩《まぶ》しそうに眼をそらした。薄桃色を刷《は》いたような、あくまで白いそのあらわな腕の、溶けるような柔らかい感じは、たとえようもなく美しく、つよい魅力で広一郎をひきつけた。彼は眼をそらしながら、自分の胸がときめいているのを感じた。

七月になると、彼は紀伊の声がやわらかく、おちついて、きれいに澄んでいることを知った。そして、彼女のきりょうのよさ、――彼女が縹緻《きりょう》よしなことを発見したとき、広一郎はわれ知らず眼をみはった。

――初めからこんなにきれいだったのだろうか。

と彼は心のなかで自問し、同時に軀の内部が熱くなるのを感じた。

梶夫人はこの経過をひそかに注視していたらしい。ときどき彼にさりげなく問いかけた、紀伊はちゃんとやっているか、気にいらないようなことはないかどうか、などと息子に訊《き》くのであった。広一郎はあいまいに答えた。ええよくやっているようです、まあよくやるほうでしょう、かくべつ気にいらないようなことはありません、などと答えた。

八月にはいってから、彼は紀伊と話をするようになった。ふしぎなことに、紀伊に話しかけるとき、彼は赤くなるのを抑えることができなかったし、紀伊もまた同じように、赤くなったり、軀ぜんたいで嬌羞《きょうしゅう》を示したりした。

或る夜、――父と共同の書斎で、父と彼とが読書をしていた。八月中旬だから、季節はもう秋であるが、残暑のきびしい一日で、夜になっても気温が下らず、縁側のほうの障子も窓もあけてあるのに、微風もはいってはこなかった。竜右衛門は読みながら、団扇《うちわ》で蚊を追ったり、衿《えり》もとを煽《あお》いだりした。息子のほうを見ると、息了は机に両肱《りょうひじ》をつき、じっと書物を読んでいた。蚊を追うようすもなく、風をいれるようすもなかった。

「――一郎」と竜右衛門が云った、「おまえ暑くはないのか」

広一郎は「はあ」と云った。

「なにを読んでいるんだ」

「三代聞書《さんだいききがき》です」

竜右衛門は「うん」と云った。

「父さん」と広一郎が云った、「あの娘は誰かに似ていると思いませんか」

「――どの娘だ」

「私の侍女です、紀伊という娘です」

「——誰に似ているんだ」

「わからないんですが、誰かに似ているような気がしませんか」

「——しないね、私はその娘をよく見たこともない」と竜右衛門が云った、「おまえその娘が好きになったんじゃないのか」

「冗談じゃありません」

「それならいいが」と竜右衛門が云った、「男でも女でも、相手が好きになると誰かに似ているように思うことがよくある、——人間は性分によって、それぞれの好みの型がある。だから、好きになる相手というのは、どこかに共通点があるんだろう、……おまえいつか好きになった娘でもあったんじゃないのか」

「冗談じゃありません、よして下さい」

「それならいいさ」と竜右衛門が云った、「おまえには安永つなという、許婚者がいるんだからな、ほかの娘なんか好きになっても、母さんが承知しないぞ」

広一郎は「大丈夫です」と云った。ひどく確信のない気のぬけたような調子だった。そして書物のページをはぐり、熱心に読み続けた。竜右衛門ははたはたと団扇を動かし、それからとつぜん、自分の読んでいる書物を取り、表紙を返して、題簽《だいせん》を見た。

「一郎、――」と彼は云った、「おまえはいまなにを読んでいるとかいったな」

「三代聞書です」

「ほう」と竜右衛門は云った、「そんな本が面白いかね」

「ええ、面白いです」

竜右衛門は微笑しながら、「そうかね」と云い、また自分の書物の題簽を見た。そこには「三代聞書全」としるしてある。それは戦乱や凶事を予知する禁厭《きんえん》の法を撰《せん》したもので、広一郎のような青年にとって、決して「面白い」筈《はず》のものではなかったし、梶家の蔵書ちゅうにも一冊しかないものであった。

「気をつけるがいいぞ、一郎」と竜右衛門は云った、「その娘を好きにならぬようにな、気をつけないと辛《から》き事にあうぞ」

広一郎は黙っていた。

――ばかな心配をする人だ。

一人になってから、広一郎はそう思った。あの娘を、そんな意味で好きになるなんて、おれにできることかどうかわかる筈じゃないか。尤《もっと》も父さんは懲《こ》りているからな、と広一郎は思った。父は枝島の娘と縁談があったのを、自分からすすんでいまの母を娶《めと》った。枝島の娘はときといい、縹緻はさわ女ほどではないが、気だてがやさしく、琴の名手として評判だった。父がさわ女を娶ったあと、枝島では長男が死んだので、さわ女の弟で甚兵衛《じんべえ》という人が入婿《いりむこ》した。それから三年、その二人の若い良人《おっと》たちは、お互いに自分の家庭生活について語り、結婚まえにその娘がどうみえようと、——気が強そうにみえようとやさしそうにみえようと、——結婚してしまえばみな同じようなものである。色情と物欲と虚栄と頑迷《がんめい》の強さにおいて、すべて男の敵とするところではない。という結論に達し、両人相共に、嘆《なげ》いたということであった。

「おれはそんなふうにはならない」と広一郎は独《ひと》りで呟《つぶや》いた、「おれはまた、そんな意味であれが好きだと云うのではない、おれはただ、……ただあの娘が、単に、——」

彼はそこで絶句し、渋いような顔をした。

九月になった或る夜、寝間で着替えをしているとき、紀伊がひどく沈んだようすをしているのに気づいた。広一郎は「どうかしたか」と訊いた。彼女はなかなか答えなかった。どうも致しません、なんでもございません、と云うばかりであった。

「正直に云ってごらん」と広一郎は声をひそめた、「ごまかしてもわかるよ、なにがあったんだ」

するとし、紀伊は泣きだした。

四

紀伊はそこへ坐り、両手で顔を掩《おお》って、声をひそめて咽《むせ》びあげた。広一郎も坐った。すでに夜具がのべてあるので、低い声で話すためには、紀伊の側へ坐るよりしようがなかった。彼は紀伊の側へ坐った。

「云ってごらん、母が叱《しか》りでもしたのか」

「いいえ」と紀伊は頭を振った、「わたくし、おひまを頂くかもしれませんの」

広一郎はどきりとし「え」と云った。

「それは」と彼は吃《ども》った、「それはなぜです、どうして、なにかわけがあるのか」

「申上げられません」

「なぜ、なぜ云えないんだ」

「それも申せません」と紀伊は云った、「いつかはわかることでしょうけれど、わたくしの口からは申上げられませんの」

広一郎はまた吃った。

「それは縁談ではないか」

紀伊は答えなかった。

「縁談なんだね」と彼は云った、「云ってくれ、そうなんだろう」

紀伊は頷いて、もっと激しく泣きだした。広一郎はのぼせあがった。そんなにも近く坐っているので、彼女のあまい躰臭《たいしゅう》や、白粉《おしろい》や香油のかおりが彼を包み、咽びあげる彼女の声は、じかに彼の胸を刺すようであった。

広一郎はのぼせあがって訊いた。そんなに泣くのは相手が嫌いだからか。はい、と紀伊は答えた。それだけで泣くのではないが、相手は好きではない、自分は「いやだ」とはっきり断わったのである、と云った。それで相手は承知しないのか。そうのようです。しつっこいやつだ、と広一郎は云った。相手はなに者だ。お武家です。家中の者か。そうです、御中老《おちゅうろう》の佐野《さの》さまの御長男です。すると要平《ようへい》だな。そうです。あの平家蟹《へいけがに》め、と広一郎は云った。よし、彼のことは引受けた。でも、紀伊は云った。乱暴をなすっては困ります、あの方はお強いそうですから。いや大丈夫、私は暴力は嫌いだ。本当ですか。大丈夫だ、あいつのことは安心していい、と広一郎は云った。もう一つの理由を聞こう、泣いた理由はほかにもあると云った筈だ。ええ申しました、でもそれは、……紀伊は眼を伏せた。云えないのか、縁談のことさえ云ってしまったのに、もう一つの理由は云えないのか、と広一郎は問いつめた。

紀伊はますます頭を垂《た》れた。見ると耳まで赤くなり、呼吸も深く大きくなっていた。広一郎は恐怖におそわれた。

「おまえ」と彼は乾《かわ》いた声で云った、「ほかに好きな人がいるんだな」

紀伊は肩をちぢめ、袂《たもと》で顔を掩った。

「そうか、——」と彼はふるえ声で云った、「それは知らなかった」

紀伊は掩った袂の下から「でも望みはないんです」と云った。その方とは身分も違うし、その方には許婚者がいるんです、わたくしはただ一生お側にいるだけで本望なんです、と云った。——袂に掩われた含み声で、はっきりしなかったが、広一郎はちょっと息を止めた。

「だって紀伊は、いま、——」

「はい」と彼女は云った。

「すると、おまえは」

「はい」と彼女は云った、「わたくし、若旦那さまとお別れするのが、辛《つら》くって、……」

そして彼女はまた泣きだした。

広一郎はとつぜん、彼女を抱き緊《し》めたいという衝動にかられた。むろん不純な意味ではない、泣いている紀伊の姿があまりにいじらしく、消えいりそうなほど可憐《かれん》にみえたからである。だが、彼は衝動をこらえ、ぐっとおちつきながら、頷いた。

「わかった」と彼は云った、「もう泣くことはない、私がいいようにしてあげよう」

「お側にいられるようにですの」

広一郎は「うん」と云った。

「若旦那さま」と紀伊が云った、「——うれしゅうございます」

こんどは彼女が、広一郎にすがりつきたいような身ぶりをした。すでにとびつきたいような姿勢をみせたが、広一郎は唇をへの字なりにし、じっと宙をにらんでいた。

——あの平家蟹め。

と広一郎は心のなかで云った。

——どうするかみていろ。

その翌日、——広一郎は登城するとすぐに、佐野要平のところへ行った。要平は中老伊右衛門《いえもん》の長男で、国もと小姓組に属している。年は二十八になるが、酒のみのぐうたらべえで、娘を嫁に遣《や》ろうという者がなく、いまだに独身のまま呑《の》んだくれていた。

佐野は貧乏で有名だった。要平をかしらに子供が十三人いるし、妻女は派手《はで》好みであり、伊右衛門が浪費家であった。そのため四百七十石の家禄《かろく》はいつも足らず、八方借りだらけで、要平の呑み代など出る余地がなかった。そこで要平は友人にたかり、到るところに勘定を溜《た》めた。彼は剣術がうまいし、腕っぷしが強かった。酒のために破門されたが、精心館《せいしんかん》道場では師範代の次席までいったことがある。したがって暴れだすと手に負えないから、たいていの者が泣きねいりということになった。

要平は詰所でごろ寝していた。酔っているのだろう、綽名《あだな》の「平家蟹」がよく似あう角ばった顔がまっ赤で、肱《ひじ》を枕に、口の端《はし》から涎《よだれ》をたらしながら、鼾《いびき》をかいて眠っていた。広一郎は乱暴にゆり起こした。要平は眼をさましたが、起きあがるまで呼び続けた。

「起きたよ」と要平は云った、「ちゃんと眼をさまして、このとおり起きてるじゃないか、なんの用ですか」

広一郎は用件を云った。要平はどろんとした眼で、訝《いぶか》しそうに彼を見た。

「わかった」と要平は云った、「しかしなんの用ですか」

広一郎は「そのとき話すよ」と云い、そこを去った。

午後五時《七ツ半》すぎ、城下町の北にある陣場《じんば》ケ岡《おか》で広一郎と村田三郎助が待っているところへ、佐野要平がやって来た。

「おそいぞ」と広一郎が云った、「必ず五時《七ツ半》にと云った筈だ、支度《したく》しろ」

そして彼は襷《たすき》をかけ汗止めをし、袴の股立《ももだち》をしぼった。要平はあっけにとられ、ぽかんと口をあいて見ていた。「支度をしろ」とまた広一郎が云った。なんのためだ、と要平が云った。いいから抜け、勝負だ。わけを云わないのか。そっちに覚えがある筈だと広一郎が云った。要平は当惑した。

「原田を殴った件か」と要平が云った、「それならあやまる、おれは酔っていたんだ」

「そんなことじゃない」

「では茶庄《ちゃしょう》のおしのを裸にした件だな」

五

広一郎は首を振り「違う」と云った。

「すると駕籠辰《かごたつ》から金をまきあげた件か」と要平は云った、「あれなら悪いのはおれじゃない、駕籠辰はいつも茶庄で飲むが、勘定というものを払ったためしがないんだ、いや、おれだって少しは溜まってるさ、しかしやつのはまるで無法なんだよ、それでおれは茶庄の代理として」

「たくさんだ、支度をして抜け」と広一郎が云った、「理由は勝負のあとで云ってやる、早くしろ」

「どうしてもか」

「村田が立会い人だ」

要平はにっと笑った。軽侮と嘲弄《ちょうろう》のこもった、いやな笑いである。彼は広一郎と三郎助をじろっと見た。

「ふん」と要平は唾《つば》を吐いた、「城代の伜《せがれ》だから下手《したて》に出てやったが、おまえさん本当におれとやる気なのか」

「諄《くど》いぞ、抜け」

「斬られても文句はないんだな」

「村田が証人だ」

要平はそっちを見た。三郎助は「そうだ」と頷いた。

「よしやってやろう」と要平は云った、「おまえさんは江戸へいっていて知らないだろうが、おれは家中でもちょいと知られた腕になってるんだ、そのつもりでかかれよ」

「支度はいいのか」

「相手がおまえさんではな」要平はまた唇で笑った、「——いざ」

要平が「いざ」と云った刹那《せつな》、広一郎の腰から電光が閃《ひらめ》いた。もちろん、電光ではない、閃いたのは刀である。要平は「あ」と云ってとびさがった。三間《けん》ばかりとびさがったが、とたんに袴と帯がずるずると下り、着物の前がはだかってしまった。要平は仰天し、片手でずり下った袴を押えながら「待った」と叫んだ。

「いや待たん」と広一郎が云った、「真剣勝負に待ったはない、ゆくぞ」

要平はうしろへしさった。広一郎は刀を上段にあげ、一歩、一歩とつめ寄った。

「待ってくれ」と要平が云った、「これでは勝負ができない、これでは」

「勝負はついたぞ」

「頼むから待ってくれ、あっ」

うしろへさがろうとした要平は、ずり落ちた袴の裾《すそ》を踏んで、のけざまに転倒した。広一郎は踏み込んでゆき、上から、要平の鼻さきへ刀の切尖《きっさき》をつきつけた。

「どうだ」

要平は口をあいた。

「斬ろうか」と広一郎が云った。

要平は「まいった」と云った。

「慥《たし》かだな」

「慥かだ」と要平が云った、「しかし、おれにはわけがわからない、まず聞かせてくれ、いったいこの勝負はなんのためだ」

「茗荷屋の娘だ」と広一郎が云った。

要平はぽかんと彼を見あげた。

「きさまからの縁談を、娘ははっきり断わった筈だ」と広一郎は云った、「にも拘《かかわ》らずきさまは諦めない、たぶん中老という家格と、自分の悪名にものをいわせようというんだろう、しかしそうはさせぬ、おれがそうはさせないぞ」

「ちょっと、ちょっと待ってくれ」

「手をひけ、佐野」と広一郎は云った、「おとなしく手をひけば、きさまの呑み代はおれが月々だしてやる」

「なんだって」要平はごくりと唾をのんだ。

「多くは遣《や》らない、月に一分ずつ呑み代をやる、それできっぱり手をひくか、どうだ」

「そっそれは慥かでしょうな」と要平は云った、「た、慥かに一分ずつ、呉《く》れるでしような」

「手をひくか」

「慥かに貰《もら》えるなら、——承知します」

「おれは武士だ」

「よろしい、私も武士です」

向うで三郎助がにっと苦笑した。要平は眼ざとくそれを見「笑いごとじゃあないぜ」と渋い顔をした。

「笑いごとじゃない」と要平は云った、「いまの契約にも、村田は証人だぞ」

三郎助は「いいとも」と頷いた。広一郎は刀をよくぬぐって、鞘《さや》におさめた。それから身支度を直し、ふところから紙入を出して、一分銀を懐紙《かいし》に包んで要平に渡した。

「今月の分だ」

「いやどうも」と要平は頭を下げた、「——慥かに、……して、あとはどういうぐあいに呉れるんですか、こっちから訊《たず》ねていっていいんですか」

「月の五日に来れば渡す」

「五日ですな、わかりました」

「ひとつ注意しておく」広一郎は云った、「これからは行状を慎むこと、もし不行跡なことをすれば、呑み代はむろん停止するし、公《おおやけ》の沙汰《さた》にするからそのつもりでいろ、それから、今日の事は決して他言するな」

「おれだって自分の恥をさらしはしないさ」

「そこに気がつけば結構だ、忘れるな」

そして広一郎は三郎助と共に去っていった。

要平はそれを見送りながら、いかにも腑《ふ》におちないという顔つきで、首を傾《かし》げたり、片手で頭を掻《か》いたりした。もう一方の手は、まだずり下った袴を押えたままである。

「おかしなやつだな」と彼は呟いた、「茗荷屋のはなしは去年のことだし、断わられてからおれはなにもしやしない、手をひくもなにも、おれはまるっきり忘れていたくらいじゃあないか、……わけがわからねえ」と彼は首を振った。「化かされたような心持だ」

広一郎と三郎助は坂をおりていった。三郎助は要平のことを笑いながら、「袴の帯を切ったのはみごとだ」と云った。梶が剣術をやるとは知らなかったし、あんなにすばらしい腕があるというのは意外だ、と云った。広一郎は苦笑した、おれだって侍の子だから、剣術ぐらい稽古《けいこ》するさ、江戸邸ではやかましいんだ。流儀はなんだ。江戸邸へ抜刀流の師範が来るので、三年ばかりやったよ。なるほど、いまのは居合か、いや、あれは見て覚えたんだ、と広一郎は云った。江戸にいたとき寛永寺《かんえいじ》へ参詣した、その途中で、浪人と浪人の喧嘩《けんか》があったが、片方が抜き打ちに相手の胴をはらった、すると袴の紐《ひも》と帯が切れてずり下り、相手は動けなくなった、おれはそのまねをしただけさ、と広一郎は云った。なるほどね、と三郎助は云った。江戸にいるといろいろな学問をするものだ。

「だが、それにしても」と三郎助が云った、「どうしてまた茗荷屋の娘などのために、こんなおせっかいなことをしたのかね」

「うん」広一郎は顔をそむけた、「その娘が三月から、おれの、……家の小間使に来ている。母の気にいりで、おれはよく知らないが、——母に頼まれたんだ」

「毎月一分ずつの呑み代もか」

六

広一郎はますます顔をそむけた。さもなければ、当惑して赤くなったところを、三郎助に見られるからであった。

「佐野にしたって、――」と広一郎は云った、「呑み代があればばかなことはしないさ」

「どうだかな」

「ここで別れよう」と広一郎が云った、「わざわざ済まなかった」

「今日の事は黙っているよ」

と三郎助は笑いながら云った。

その夜、――広一郎は紀伊に「もう大丈夫だよ」と囁《ささや》いた。紀伊は怯《おび》えたような眼をした。しかし彼がごく簡単に話して聞かせると、さも安心したというふうに微笑し、急に熱でも出たような眼で彼を見あげて、嬉しそうにこっくりをした。

二人は親しくなるばかりだった。

陣場ケ岡の事は二人の秘密であった。その秘密な事が、二人を他の人たちから隔《へだ》て、密接にむすびつけるようであった。――すると、十月になった或る夜、寝間の世話をしながら、紀伊は「明日いちにちお暇がもらえます」と云った。祖父の七年忌なので、梶夫人に頼んで暇をもらった、と云うのである。広一郎はそうかと云った。紀伊はなにか訳ありげな眼つきで、微笑しながら彼を見た。

「若旦那さまも、明日は慥か御非番でございましたわね」

「そうだったかね」

「御非番の日ですわ」と紀伊は云った、「わたくし本当は、法事にはゆきたくないんですの」

「だって自分で頼んだのだろう」

「それはお願いしたんですけれど」

「しかもいやになったのか」

紀伊は含み笑いをし、斜交《はすか》いに、広一郎を見あげた。彼は眩しそうに眼をそらした。しかし眼をそらしたとたんに、ひょいと天床《てんじょう》を見あげ、その唇を尖《とが》らせた。

——明日はあなたも非番だ。

あなたも、の「も」という一字に、彼女の暗示があったのだ。つまり、二人はどこかへいっしょにゆける、ゆくことができる、という意味にちがいない。彼は振向いて紀伊を見た。

「紀伊は赤根《あかね》の湯を知っているか」

「はい、存じております」

「うん」と広一郎は口ごもった。どうきりだしたらいいかわからない、そんなことを云うのは不作法かもしれないし、断わられるかもしれない、「うん、――」と彼は云った、「あそこは閑静でいい、温泉《いでゆ》も澄んでいるし、大きな宿も五、六軒あるし」

「そうでございますね」と紀伊が云った、「それに御領分の外ですから、あまり知った人にも会いませんわ」

「そうだ、赤根は松平《まつだいら》領だ」

「まだ紅葉がみられますわね」と紀伊が云った、「わたくしゆきとうございますわ」

「私もいってみたいな」

紀伊は待った。広一郎の胸はどきんとなったが、どうにも勇気が出てこない。彼は赤くなって、急にそっぽを向きながら云った。

「私は明日いってみる」

紀伊は彼を見た。

「私は、――」と彼は不決断に続けた、「私は、東風楼《とうふうろう》という宿で、半日、保養して来よう」

「東風楼なら存じていますわ」

「あれはいい宿だ」

「でも武家のお客さまが多いようでございますね」と紀伊は云った、「平野屋《ひらのや》という宿は小そうございますけれど、すぐ下に谷川が見えますし、静かでおちついていて、わたくし好きですわ」

「それなら、平野屋にしてもいい」

紀伊は待った。

「平野屋にしよう」と広一郎は云った、「——私はもう寝ることにする」

彼は寝衣《ねまき》に着替え、そして夜具の中へ（まるで逃げ込むように）もぐってしまった。

明くる朝早く、広一郎は両親に断わって、赤根の湯にでかけた。紀伊はなにもいわなかったし、変ったそぶりもみせなかった。

赤根はその城下から二里ほどのところで、佐貝川《さかいがわ》の渓流《けいりゅう》に臨《のぞ》んだ、小高い丘の中腹にあった。広一郎は歩いていった。その途中、彼はしきりに気が沈んだ。独りで保養にいってどうするんだ、温泉に浸ったり出たり、谷川を眺めたってしようがないじゃないか、「いっそやめにするか」と彼は呟いた。二度ばかり立停《たちどま》って、引返そうとした。しかし、ことによると紀伊が来るかもしれない、と彼は思った。平野屋をすすめた口ぶりだと、あとから追って来るつもりかもしれないぞ。いやそんなことはない。娘が一人で湯治場《とうじば》へ来るなんて、そんなことができる筈はないじゃないか、ばかな空想をするな、と彼は思った。

平野屋はすぐにわかった。一と筋道の左右に、宿や土産物の店などが並んでいる、そのいちばんさきの、川に面したほうに、平野屋はあった。彼は渓流の見える座敷へ案内された、建物は古いが、がっちりとおちついた造りで、ほかには客がないのか、渓流の音だけが、静かに座敷へながれいって来るだけであった。

女中が茶道具と着替えを持って来て、「すぐ湯へおはいりになるか」と訊いた。

彼はあとにしようといい、茶を啜《すす》ってから、縁側へ出て外を眺めた。対岸は松林で、楓《かえで》がたくさんあるのだが、季節が過ぎたのだろう、みんなもう葉が落ちていた。

「お湯へいらっしゃいませんの」

と脇で女の声がした。あまり突然だったから、広一郎はとびあがりそうになった。

振向くと紀伊がいた。

「ああ、――」と彼は云った、「紀伊か」

彼女は大胆に彼をみつめ、媚《こ》びた笑いをうかべながら頷いた。

広一郎は眼をみはった。彼女はもう湯あがりで、肌はみずみずと艶《つや》っぽく、まるで光りの暈《かさ》に蔽《おお》われたように、ぼうとかすんでみえた。着物も屋敷にいるときとは違って、色彩の嫣《なま》めかしい派手な柄だし、町ふうに結んだ帯もひどくいろめいてみえた。

「きれいだね」と彼は云った、「——じつにきれいだ」

「うれしゅうございますわ」

「眼がさめるようだ」

広一郎はしんけんにそう云った。紀伊はそれをすなおにうけとり、すなおによろこんだ。

だが、いつのまに来たのか、と広一郎が云った。はい駕籠をいそがせて、おさきに来ていました。では途中で会ったんだな。はい途中でおみかけ致しました、と紀伊が云った。大榎《おおえのき》のところで立停っていらっしゃいましたわ。うん、——引返そうかと迷っていたときだ、と彼は心のなかで思った。

「お湯へいっておいであそばせ」

「いや」と広一郎は云った、「湯はあとだ、少し話をしよう」

「わたくしもうかがいたいことがございますわ」

「なんでも話すよ」と彼は云った、「座敷へはいらないか」

七

二人は坐って話した。

紀伊が訊いた。世間ではあなたが女嫌いだと噂している、自分にはそう思えないが、なにかわけがあるのか。広一郎は「ある」と答えた。聞かせて頂けますか。いいとも。どういうわけですの。正直に云ってしまう、それは或る一人の娘のためだ。そうだと思いました、と紀伊が云った。それはあなたの許婚者で、安永つなさんと仰しゃる方でしょう。なんだって、――広一郎は吃驚《びっくり》した。どうして紀伊はそれを知っているんだ。わたくしあの方とお稽古友達ですの、お琴、お茶、お華、みんな同じお師匠さまでしたわ、と紀伊が云った。それに、二人は姉妹のようによく似ているって、みんなからよく云われました。そうかな、私にはそうは思えないがな、と広一郎が云った。親しくはなかったろうな。どうしてですの。あれは気の強い意地わるな娘だった。あら、そうでしょうか、わたくしたいへん仲よくして頂きましたわ。あれは気の強い意地わるな娘だった。どんなふうにですの、と紀伊が訊いた。

「私はいまでもよく覚えているし」と広一郎は云った、「それを思いだすたびに、口《く》惜《や》しいような憎らしいような気持になることが幾つかある」

「うかがいとうございますわ」

「私は蛇《へび》が嫌いだ」と広一郎は云った、「蛇を見ると、いまだに私は軀じゅうが総毛立つくらいだ」

十二歳の年だった。彼が安永の家へ遊びにいったとき、つなが「面白いものを見せるからいらっしゃい」と云って、彼を庭へさそいだした。安永の庭は広くて、林や草原があったり、小さな池もあった。なにげなくついてゆくと、ひょいと草むらの中にしゃがんで、「ほら此処《ここ》よ」と云う。そして、彼が近よっていって、覗いて見ようとしたら、「わあ」と叫びながら、一疋の小蛇を摘《つま》んで、彼の眼の前へつきつけた。

「私は気絶しそうになった」と広一郎は云った、「たぶん悲鳴をあげたろう、気が遠くなったようで、われに返ったら、自分は草履《ぞうり》をはいたまま、いつのまにか座敷の中に立っているし、母はおそろしく怒っているし、あの娘はげらげら笑っていた」

「あの方はお幾つでしたの」

「私が十二だから六つの年だ」と広一郎は云った、「そのまえの年だったと思うが、安永と梶と、両ほうの家族でこの赤根へ来たことがあった」

宿は東風楼だった。親たちが話をしているうちに、あの娘が「いっしょに湯へはいろう」と云った。彼が渋っていると「男のくせにいくじなしね」と云った。彼はつなといっしょに湯へはいった。湯壺《ゆつぼ》へはいると、つなは潜《もぐ》りっこをしようと云った。

——髪毛が濡《ぬ》れるからいやだ。

——あとで拭けばいいわよ。

——母さんに怒られるからいやだよ。

——男のくせにお母さまが怖いの。

へええ弱虫ね、とつながあざ笑った。そこで彼は承知した。二人は潜りっこをしたが、どうしても彼は負けてしまう、三度やって、三度めには死ぬかと思うほどねばったが、つなは彼より十三も数えるほどよけいに潜っていた。

「あの娘は大自慢で、さんざん私のことをからかった」と広一郎は云った、「それから湯を出て髪を拭き、お互いに髪を結《ゆ》いあったあと髪毛がよく乾くまで遊ぼうと云った」

「そこでですか」と紀伊が訊いた。

「裸のままでだ」と広一郎が云った、「そして、まず自分のからだの自慢を始め、白くてすべすべしてきれいでしょう、よく見てごらんなさい、と云うんだ」

事実まっ白できめのこまかい、ふっくらとしたきれいな肌であった。つなは軀をすっかり眺めさせたうえ、あたしには「三つ星さま」があるのよと云い、足をひろげて、右の太腿《ふともも》の内側を見せた。薄桃色の、腿のつけ根に近いところに、黒子《ほくろ》が三つ、三角なりにあるのを彼は見た。ほんの一瞥《いちべつ》、ちらっと見ただけであるが、彼はなにか悪いことでもしたように、胸がどきどきし、ひどく気が咎《とが》めた。つなは平気な顔で、こんどは二人の軀を比べっこしようと云い、「あたしにぴったりくっつきなさい」と命令した。彼は狼狽《ろうばい》し、いやだと云って逃げた。するとつなは顔をしかめて軽蔑《けいべつ》し、またしても「男のくせにいくじなしね」とからかった。

「そういうことは誰にもありますわ」と紀伊が云った、「そのくらいのじぶんは、なんとなく軀に興味があって、お互いに軀を見せあいたくなるものですわ」

「紀伊もしたのか」

「あら、——」と彼女は赤くなった、「いまは若旦那さまが話していらっしゃるのでしょう、わたくしのことはあとで申上げますわ」

「うん」と広一郎は云った、「だがかんじんなのはそのことじゃない」

軀の比べっこで逃げたあとで、つなが「いいことを教えてあげましょうか」と云った。いいことってなんだ、彼は警戒した。つなは肩をすくめ、くすくすと笑った。そして、潜りっこをあんなふうにしては負けるにきまっている、途中で頭を出して息をするのだ、と云った。あたしなんか二度も三度も頭を出して息をした。あなたはばか正直で、「お知恵がないのね」と云うのであった。

「私は口惜しかった」と広一郎は云った、「いつかはやり返して、こっちで笑ってやろうと思った、ところがいつもやられてしまう、笑われるのはいつもこっちなんだ」

或る時やはり安永の庭で、つなが木登りをしていばっていた。例のとおり「あなたにはできないでしょう」と云う。そこで彼が登ると、あたしはもっと上まで登った、「あたし海が見えたわ」と云う。彼はさらに登った、すると海が見えなかったばかりでなく、枝が折れて墜落し、背中を打って気絶してしまった。

或る時は草の中の小径《こみち》で、ここをまっすぐに歩いてみろと云う。蛇がいるんだろう。蛇なんかいないわ、もう冬じゃないの「臆病ねえ」と笑う。それでまっすぐに歩いていったら、落し穴があっておっこち、左のくるぶしを捻挫《ねんざ》した。

「おまえ笑うのか」と広一郎が云った。

「わたくし笑いませんわ」

「いま笑ったようだぞ」

「笑ったりなんか致しませんわ、わたくし」

「数えればまだ幾らでもある」と広一郎は云った、「袋撓刀《ふくろしない》のこととか、背中へ甲虫《かぶとむし》を入れられたこととか、暴れ馬のこととか、お化粧をされたのを忘れて、そのまま帰って土蔵へ入れられたこととか、――なんだ」広一郎は話をやめて、向うを見た。縁側へ女中がやって来たのである。「こちらは梶さまか」と訊くので、そうだと答えると「お客さまがみえました」と云った。広一郎はぎょっとした。

――客の来る筈はない。紀伊もちょっと色を変えた。

「その、――」と広一郎は女中に訊いた、「客というのは、どんな人間だ」

「お武家さまでございます」

広一郎は「う」と云った。

八

「お名前をうかがいましたけれど」と女中は続けた、「なんですか怒っていらっしゃるようで、会えばわかる、ぜひとも会わなければならない、と仰しゃるばかりでございます」

「よし、――」と広一郎は云った、「ではすぐにゆくから、ほかの座敷へとおしておいてくれ」女中は承知して去った。

「どなたでしょう」紀伊がおろおろと云った、「わたくしどうしましょう、みつかったのでしょうか」

「とにかく会ってみる」

「わたくし帰りますわ、お会いになっているうちに帰るほうがいいと思いますわ」

「うん、——」と広一郎が云った、「そのほうがいいかもしれない、そうするとしよう」

紀伊は立った。駕籠が待たせてあるから、いそげば祖父の法事にまにあうだろう、と紀伊は云った。では晩に、と広一郎が云った。紀伊はすばやく出ていった。

広一郎は冷えた茶を啜った。紀伊が支度をしてしまうまで、と思って坐っていた。やがて気持もおちついて来、時間もよさそうなので、わざと無腰のままで出ていった。女中が案内したのは、隅《すみ》のほうの、暗くて狭い部屋であった。そのなんの飾りつけもない、古畳の、まるで行燈部屋のように陰気なところで、一人の侍が蝶足《ちょうあし》の膳《ぜん》を前にして、酒を飲んでいた。広一郎はあっけにとられた、盃《さかずき》を持って「よう」と振向いたのは、佐野要平であった。

「よう、これはどうも」と要平は云った、「御馳走《ごちそう》になってますよ」

「なんの用があるんだ」

「御挨拶《ごあいさつ》ですね、今日は五日ですよ」

広一郎は思い出した。なんだ、そのために来たのか。約束ですからな、約束の第一回から忘れられては困りますよ、と要平は盃を呷《あお》った。お宅へ伺ったら赤根だと云うので、すぐさまあとを追って来たわけです、ひとつどうですか、と要平は云った。

「奢《おご》ってくれるのか」

「冗談でしょ、貧乏人をからかっちゃいけません」

広一郎は坐った。紀伊がいたことは知らないらしい、罪ほろぼしに少しつきあってやるか、と思ったのであった。

その夜、——広一郎は「なんでもなかったよ」と云い、要平のことを話した。紀伊は頷いて、楽しゅうございましたわと囁いた。そして、二人きりの時間（それはいつもごく短いものであったが）には、赤根の楽しかったことを、よくお互いに囁きあった。

赤根の湯から二人の心はもっとぴったり触れあうようになり、しばしば、ちょっと眼を見交《みか》わすだけで、互いの気持が、ごく些細なことまでも、通じあうようになった。そして、十一月中旬の或る午後、——ちょうど広一郎の非番の日であったが、二人は庭の奥で少しながく話す機会があった。そこは北斗明神《ほくとみようじん》といって、梶家代々の氏神の祠《ほこら》があり、若木ではあるが杉林に囲まれていた。北斗明神は梶家がどこへいっても祭るもので、十幾代もまえからの氏の神だということである。

「わたくし、うかがいたいことがあるのですけれど」と紀伊が云った、「このまえ赤根の宿で、つなさまのことを仰しゃってましたわね」

広一郎は頷きながら、紀伊は日ましに美しくなるな、と心のなかで思った。縹緻《かわい》もよくなるばかりだし、こんなにやさしい、気だてのいい娘はない、なんという可愛い娘だろうと思った。

「若旦那様はそのために、つなさまとも御結婚なさらないし、女嫌いになっておしまいなすったのでしょうか」

広一郎は「ん」と紀伊を見、それから自分が質問されていることに気づいた。

「うん、いや、それもあるけれど」と彼はちょっと口ごもった、「ついでに正直に云ってしまうと、――私の母のこともあるんだ」

「奥さまのことですって」

「紀伊だから云ってしまうが、母がどんな性質の人かわかるだろう」と広一郎は云った、「私はずっと父と母の生活をみて来た、そして、いつも父を気の毒に思った、……表面は旦那さまと立てている、父はいかにも家長の座に坐っている、しかし」と彼は首を振った、「じっさいはそうじゃない、城代家老としては別だが、私生活では母の思うままだ、すべての実権は母が握っている、父には、母のにぎっている鎖の長さだけしか自由はないし、その鎖で思うままに操縦されている」

「それはお言葉が過ぎますわ」

「父だけではない、どうやらたいていの男がそうらしいよ」

「あんまりですわ、それは」

「猿廻《さるまわ》しは猿を太夫《たゆう》さんと立てる、そして踊らせたり芝居をさせたりして稼《かせ》がせる、――よく似ていると思わないか」

「でも、――」と紀伊が云った、「ぜんぶの女がそんなふうだとは限りませんわ」

「たとえば紀伊のようなね」

「あら、あたくしなんか」

「私は紀伊となら結婚したいと思う」

紀伊は「まあ」と云って赤くなった。広一郎も自分の言葉に自分でびっくりした、深い考えもなく、すらすらと口から出てしまったのである。彼は狼狽したが、云ってしまってから、それが自分の真実の気持であり、ここではっきりさせるべきだ、ということに気がついた。

「紀伊は私の妻になってくれるか」

「うれしゅうございますわ」紀伊は赤くなったまま眼を伏せた、「若旦那さまのお気持はよくわかりますの、本当にうれしゅうございますけれど、身分が違いますし、なにより奥さまがお許しなさいませんわ」

「それは私が引受ける、来てくれるか」

「わたくしにはお返事ができません」紀伊は顔をそむけた、「だって、それはできることではないのですもの」

「いますぐに話す、これから話して、きっと承知させてみせるよ」

「いけません、若旦那さま」

「あとで会おう」と広一郎は云った、「今夜その結果を知らせてやるよ」そして彼は卒然と、紀伊の手を握った。彼女の軀はぴくっとし呼吸が深く荒くなった。そして、広一郎に握られた彼女の手は、冷たく硬ばったまま動かなかった。

心配しないでいい、きっとうまくゆくよ、と広一郎は云った。紀伊は黙って顔をそむけていた。続けさまの感動で、ものを云う力もない、といったようすであった。

広一郎は母の部屋へいった。そこには鼓《つづみ》の師匠が来て、母の稽古をみていた。彼は鼓の音が聞えなくなるのを待って、改めて訪ねた。――梶夫人は、広一郎の言葉を、黙って聞いていた。眉《まゆ》も動かさなかったし、かくべつ感情を害したようすもなかった。しめたぞ、と広一郎は話しながら思った。これは案外うまくゆくかもしれない、母は紀伊がお気にいりだからな、とも思った。——聞き終ったさわ女は、平生の声で「お父さまにお訊きなさい」と云った。広一郎は、母上の御意見はいかがでしょうか、と訊いた。

「母さんは女ですから、そういうことに口だしはできません」とさわ女は云った、「お父さまが梶家の御主人ですからお父さまに訊いてごらんなさい」

広一郎は「ではそうします」と云った。

九

父の竜右衛門は首を振った。そうして、この話の第一章に記《しる》したとおり、彼自身の女性観を述《の》べ、諦めるほうがいいと云った。

私は諦めないつもりです、と広一郎は主張した。私は紀伊が好きですし、紀伊はよい妻になると思います、と云った。だめだね、母さんがおれに訊けと云ったのが、すでに不承知だという証拠だ、そうだろう、おまえだって母さんの性分は知っている筈だ。しかし母さんは、「父さまが梶家の主人だから」と云われましたよ。おまえもそう思うか。ええまあ、――それに相違ないんですからね、と広一郎が口ごもった。竜右衛門は苦笑し、その詮索《せんさく》はよしにしよう、と云った。

「まあ諦めるんだな」と竜右衛門は続けた、「それにおまえは、たいそうあの娘が気にいったらしいが、さっきも云ったように、結婚してしまえば、女はみんな同じようなものだ、安永の娘だって紀伊だって、――おれは紀伊のことはよく知らないがね、しかし結婚して妻になれば、どっちにしても同じようになるものだよ」

「しかし父さんは反対ではないのですね」と云った。

竜右衛門は頷いて、「母さんがよければね」と云った。

広一郎は母の部屋へいった。

こんどは問題がはっきりした。母は「いけません」と云った。

「あなたには安永つなさんという許婚者があります。そのうえ、あなたはやがて城代家老になる身ですから、町人の娘などを娶ることは許されません」とさわ女はきめつけた、「二度とそんな話は聞かせないで下さい」

「ですけれど、――」と彼は云った、「父上はいいと云われましたよ」

「お父さまにはあとでわたしが話します」とさわ女は云った、「――まだほかに、なにか仰しゃりたいことがおありですか」

広一郎はひきさがった。

よろしい、それならこっちも戦術を考えよう、と彼は思った。父はこれからしぼられるだろうし、相当お気の毒さまであるが、それは御自分の茨《いばら》を御自分で苅《か》るわけである、「よろしい」と彼は呟いた、「戦術を考えるとしよう」

だがその暇はなかった。彼が両親と交渉しているあいだに、紀伊は屋敷から出ていってしまった。それがわかったのは、彼が寝間へはいったときである。夕餉のときも紀伊がみえず、書斎へ茶を持って来たのも、べつの小間使であったし、寝間の支度は安芸《あき》という小間使がした。——広一郎は不吉な予感におそわれ、「紀伊はどうした」とその小間使に訊いた。すると、まるでその質問を待っていたように、母がはいって来て、「今日からこの安芸があなたのお世話をします」と云った。

広一郎はかっとなった。

「母上が暇をおだしになったんですね」

「紀伊は自分でいとまを取ったのです」とさわ女は云った、「あなたはまさか、母を疑うほど卑屈におなりではないでしょうね」

広一郎は頭を垂れた。彼もそこまで卑屈になりたくはなかった。紀伊は同じ城下町にいるのである、会おうと思えば茗荷屋へゆけばよいのだ。「おやすみなさい」と彼は云った。さわ女も「おやすみなさい」と云い、寝間から出ていった。

安芸は用が済むと、一通の封じ文をそこに置き、挨拶をして出ていった。安芸はなにも云わなかったが、もちろん紀伊の手紙であろう、広一郎はすぐに取って封をあけた。

——わたくし必ずあなたのところへ戻って来ます、とその手紙に書いてあった。神仏に誓って、必ず戻ってまいりますから、それを信じてお待ち下さい。どうぞわたくしを呼び戻そうとしたり、会いにいらしったりなさらないようにお願い致します。

会いにきても自分は決して会わない、その代り半年以内に必ず、「あなたのところへ」戻ると、その手紙は繰り返していた。

「わかった」と広一郎は呟いた、「私はおまえを信じよう、紀伊、——待っているよ」

そして彼は待った。十二月になり、年が明け、二月になり、三月になった。梶家では毎年の例で、七人の小間使が出替ったが、すぐあとで、広一郎の結婚が行われることになった。

「安永さんを五年ちかく待たせました、これ以上お待たせすることはできません」とさわ女は云った、「広さんの女嫌いもなおったようだし、だって誰《だれ》かを嫁に欲しいと仰しゃったくらいですからね」とさわ女は注を入れた、「こんどこそお式を挙げることにします」

事は決定した。梶夫人がはっきり宣言した以上、誰に反対することができるだろう。梶家と安永家の往来が復活し、たちまち祝言《しゅうげん》の日どりがきまった。広一郎は祈った、「戻ってくれ紀伊、戻ってくれ」彼は空に向い壁に向い夜の闇に向って呼びかけた、「どうしたんだ、紀伊、いつ戻って来るんだ」そしてまた云った、「おれは待っている、おまえを信じて、最後のぎりぎりまで待っているぞ」

紀伊は戻って来なかった。祝言の日が近づき、ついにその当日になった。紀伊はまだ戻って来ない、だが彼は望みを棄《す》てなかった。梶家には客が集まり、彼は着替えをさせられた。花婿姿を鏡に写しながら、やはり彼は待った。紀伊は必ず戻って来る。紀伊は誓いをやぶるような女ではない、必ず戻って来るに相違ない。——そのうちに時刻が迫り、花嫁が到着した。仲人《なこうど》は次席家老の海野図書《うんのずしょ》夫妻である、定刻の七時《六ツ半》が来、式が始まった。

白無垢《しろむく》に綿帽子をかぶった花嫁と並び、祝言の盃を交わしながらお広一郎は紀伊を待った。紀伊はまだあらわれない、盃が終り祝宴に移った。賑《にぎ》やかで陽気な酒宴が続き、花嫁は仲人に手をひかれて座を立った。

最後のぎりぎりだぞ。

――紀伊、どうしたんだ。と広一郎は心のなかで叫んだ。どうしたんだ、もうすぐ
そして、その「最後のぎりぎり」のときが来た。花嫁が立っていってから、約半刻、仲人の海野図書がおひらきの辞を述べ、広一郎は席を立って寝間へ導かれた。晴れの寝衣に着替えながら、「紀伊、――」と彼は心のなかで呼びかけた。海野夫人は彼を新婚の閨《ねや》へ案内し、彼を屏風《びょうぶ》の内へ入れてから、そっと襖《ふすま》を閉めて去った。

花嫁は夜具の上に坐っていた。

六曲の金屏風に、絹行燈《きぬあんどん》の光りがうつっていた。華やかな嬌めかしい夜具の上で、雪白《せっぱく》の寝衣に鴇色《ときいろ》の扱帯《しごき》をしめ、頭をふかく垂れて、花嫁は坐っていた。――広一郎は決心した、すべてを花嫁にうちあけよう。つなは気は強いしいじわるな娘だった。しかし、うちあけて話せばわかってくれるだろう、彼はそう思って、そこへ坐った。

すると初めて、静かに花嫁が顔をあげた。

「あ、――」と広一郎は云った、「おまえ」

花嫁は両手をついた。

「どうぞ堪忍《かんにん》して下さいまし」と花嫁が云った、「わたくしがどのように変ったか、みて頂きたかったのです」

広一郎は「まさか」と呟き、茫然と眼をみはった。

「お側に仕《つか》えてみて、それでもお気にいらなかったら諦めるつもりでした。決してお騙《だま》し申したのではございません、あなたのお眼で、つながどう育ったかをみて頂きたかったばかりでございます」そして花嫁は嗚咽《おえつ》した、「――堪忍して下さいますでしょうか」

「夢を見ているようだ」と広一郎は云った、「――すると茗荷屋の娘というのは」

「よのさんは稽古友達ですの」

「母は知っていたのか」

「はい、――」花嫁は啜りあげた、「どうぞ堪忍して下さいまし、わたくし、あなたの妻になりたい一心だったのですわ」

広一郎はあがった。すっかりあがってしまい、どう答えていいかわからなくなった。そこで鼻が詰ったような声で云った。

「おまえは誓いをやぶらなかった、つまり、私のところへ戻って来たわけだな」そして、すばやく指で眼を拭いて、ばかなことを云った。

「三つ星さまはまだあるだろうね」

十

「もう一と月になるな」と竜右衛門がその息子に云った、「もう一と月になる、うん、――どうやら無事におさまったらしいな」
「ええ」と息子が答えた、「無事にいっています」
「おれの云ったことが思い当ったかね」と父親が云った、「結婚してしまえば、女はみな同じようなものだ、ということがさ」
「さよう」と広一郎はおちついて云った、「仰しゃるとおりでした、女は同じでしたよ」

おもかげ抄

一

「おい見ろ見ろ」

「――なんだ」

「あすこへ来る浪人を知ってるか」

「うちの店《たな》へ越して来た鎌田《かまた》孫次郎《まごじろう》てえ人だろう」

「本名はそうかも知れぬがの」

魚売り金八《きんぱち》はにやりと笑って、「あれあおめえたいした飴《あめ》ん棒だぜ」

遠州浜松《えんしゅうはままつ》の城下外れ、「猪之松《いのまつ》」という問屋場の店先を一人の浪人が通りかかった。年の頃二十八九であろう、上背のある立派な体つきで、色の浅黒い眼の涼しい、先《ま》ずこの辺には珍しい美男だ、――街道裏にある猪之松の家作へ移って来てから十日余り、中国辺の浪人で名は鎌田孫次郎という。

「飴ん棒たあなんの事だ」

「まあ聞きねえ」

金八は煙管《きせる》をはたいて、「七日ばかりめえのこった、買出しに出ようとして通りかかると、あの先生、——裏へ出て洗濯をしているじゃあねえか。お早うございますと云《い》っちまってから、おらあ悪いことをした、見ねえ振りをして行くんだったと思っていると、相手ぁ平気なもんだ、やあこれは早々と御精が出ますな……とにやにや笑ってる。そこでおいらが、——奥さまのお加減でもお悪うございますかと訊《き》いたんだ。するとその返辞がふるってらあ、いや別に何処《どこ》が悪いと申すほどでもござらぬが、ちと我儘者《わがままもの》でな、まあ朝寝がしたいのでござろうよ、とかくどうも女は養い難しでござる、あはははははは——てえ始末だ」

「ふうん、たいした代物だな」

猪之松の店の者で吉公《よしこう》という口の軽いのが、待兼ねたように乗出して、

「そう云えばあの浪人、米の一升買いから八百屋の買出しまで自分でやらかすぜ」

「本当かいそれあ——」

「一度や二度じゃねえ、おいら現に見ているんだ、あの通り五段目の定九郎《さだくろう》てえ男振りで、それこそ芋を少々……なんて図は珍なもんだったぜ」

「だからよ」

金八が我が意を得たりという顔で、

「本名は鎌田孫次郎かも知れねえが、彼ぁ甘田《あまた》甘次郎《あまじろう》が本当だと云うんだ」

「女房に甘次郎か」

わっとみんなが笑いだした時、吉公の横鬢《よこびん》がぴしゃりと鳴った。

「あいて」

愕《びっく》りして振返ると、

「この馬鹿野郎」

ともうひとつ。いつか背後へこの家の隠居六兵衛《ろくべえ》が来ていた。

「いま聞いてれあ甘田甘次郎だと？　此奴《こいつ》らとんでもねえ事を云ゃあがる、手前《てめえ》っち馬子《まご》や駕籠舁《かごか》き夫と違って、お武家には格別心得のあるものだ。奥様を大事になさるにも何か深い訳があるに相違ねえ、つまらねえ蔭口《かげぐち》なんぞ云やがると承知しねえぞ」

「それだって隠居さん、馬子も侍も人情に変りはねえでしょう、飴ん棒は矢張り飴ん棒じゃ有りませんか」

「だから手前っちは盲目だってんだ、鎌田さんの顔をよく拝見しろ、あれが普通のこって女房にでれつく顔かよ、あんな立派な人品は千人に一人ということだ」

「じゃあ千人に一人の甘次郎で……」

ぴしゃり、吉公はまた張られた。

「この野郎、二度と再びそんな事を云ゃあがるとおっぽり出すからそう思え」

六兵衛は眼を剝《む》いて喚《わめ》いた。

しかしこんな話が弘《ひろ》まらぬ筈《はず》はない、なにしろ浜松城下を通じて珍しいような美男であるし、浪人に似合わず身嗜《みだしな》みが良く、月代《さかやき》も髭《ひげ》も曾《かつ》て伸びたところを見せない。衣服こそ貧しくあるが、毎《いつ》もきちんとして垢《あか》の附かぬ物を着ているという、一分の隙《すき》もない状《なり》風俗だから余計に話が面白いのだ。

「女房に甘次郎」

「甘田甘次郎先生――」

と評判が忽《たちま》ち附近に弘まった。

孫次郎が移って来てから、二十日余りになろうという或る日、猪之松の隠居六兵衛が吉公を連れて孫次郎の浪宅を訪れた。

――庭先で木剣を振っていた鎌田孫次郎は、愛想よく上へ招じて、

「宜《よ》うこそおいで下された」

と奥へ振返って、「これ椙江《すぎえ》、お客来じゃ、お茶をお淹《い》れ申せ」

「いやどうぞお構いなく」

「斯様《かよう》な貧宅、別してお構いは出来ませぬ。これ椙江、——お客来だぞ」

と云ったが舌打ちをしながら立つ。

「仕様のないやつ、また頭でも痛むと申すのであろう。どうもこの頃一倍と我儘がつのって困る、——」

小言を呟《つぶや》きながら水口へ出ていった。

二

間もなく茶を淹れて来た孫次郎、

「失礼仕《つかまつ》った」

と対座して、

「何ぞ御用件でも？」

「実は御相談があって参りましたので」

「はあ」

「余計なお世話かも知れませんが」

と六兵衛は膝《ひざ》を進め、「先生も御浪々中のことで、色々と御不自由な事だろうとお察《さっ》して居りますが、――どうでございましょう、こうして体が空《あ》いておいでになるんだから、寺小屋のような事でもお始めなさる気持はございませんか、及ばずながら私が御周旋《ごしゅうせん》申し上げますが」

「――それは、御心配　忝《かたじけ》のう存ずる」

孫次郎は会釈《えしゃく》をしたが、ふと声をひそめて云い悪《にく》そうに、

「是非お世話に預かりたいが、――実は、妻に気鬱《きうつ》の持病がござるゆえ、この家へ子供達を集めなどしてもし、機嫌に障《さわ》るような事があると困るので、甚《はなは》だ勝手ながら他に寄場《よりば》でも拵《こしら》えて頂けるなら、拙者《せっしゃ》が出向いて教授を致しましょう」

「はあ、左様でございますか」

さすがに六兵衛も呆《あき》れた。折角ひとが世話をしようと云うのに騒がしくて女房の機嫌に障っては困るとは心臓の強い言葉だ――然《しか》し六兵衛も乗りかかった船だから、

「宜うございます、幸い長屋の端《はし》が二軒空いていますから、造作を少し直して稽古場《けいこば》を作りましょう、子供集めや雑用品は失礼ながら手前の方で致します」

「御厚志なんとも忝のうござる」

話が出来て六兵衛が立つと、

「これ椙江、お帰りだぞ」

と奥へ呼んだ、「お見送りぐらい出来ぬことはあるまい。――なに？　胸が痛む、仕様のないやつだな」

「いやどうぞその儘」

「我儘者でござる、どうか御容赦を」

言葉の端々に滲《にじ》み出る妻への愛情、六兵衛は心の裡《うち》に羨《うらや》ましさを感じながら別れを告げて出た、――と表に待っていた吉公が、

「隠居さんちょいと」

声をひそめて手招きをする。

「なんだ」

「ちょいとここへ来て御覧なさい」

吉公は六兵衛を横手へ連れて行った。中の様子を聞いてみろと手真似で教えるから何だろうと耳を傾けると、小窓の障子《しょうじ》の内で孫次郎の声がする。

「許せよ椙江、どうも客が来ると、男というやつは威張《いば》りたくなるもので、つい心にもなく荒いことを云って了《しま》う、――なに宜い宜い、そうして居れ、拙者はいまのうちに洗い物を片附けて来る」

「どうです隠居さん」

吉公が囁《ささや》いた。

「毎《いつ》でもこの調子ですぜ、これでも甘次郎じゃ有りませんか？」

「この馬鹿野郎」

ぴしゃり、吉公の横鬢が鳴った。

「あいてて！」

「何だと思やあ立聴きをしやぁがる、汝《うぬ》のような下司《げす》根性に何が分るんだ、二度とこんな卑《いや》しい真似をしやがると叩き出すぞ」

吉公は頭を抱え、横っ跳びに逃げだした。

かくて間もなく、——六兵衛は長屋の手入れをして急拵えの机から、筆、墨、硯《すずり》、紙までですっかり揃え、近所の子持ちへ触《ふ》れを廻《まわ》してすっかり寺小屋を仕立てた。

「読書きも宜うございますが、街道筋のことで人気が荒うございますから、暇々の剣術のひと手も教えて頂けませんか」

中にはそう云う親もあった。

「宜《よろ》しゅうござる、武士でない者に打つ術《すべ》は必要ないが、避《さ》ける方法ぐらいは知っていても宜かろう、お教え致しましょう」

「そんなら、私共の伜《せがれ》もお願い申します」

と云うような事で、暫《しばら》くする中に二十五六人の子供が集まるようになった。

さて始めてみると孫次郎には備わった徳があるとみえ、別に強く叱《しか》る様子もないのに、子供達の挙措《きょそ》動作が眼に見えて良くなって来た。

従って今まで甘次郎に何が出来るかと見くびっていた連中も追々、是非にと云って子供を預けるようになったから、

「それ見ろ」

と六兵衛は鼻を高くして、「こうと睨《にら》んだ己れの眼に狂いはあるめえ、いまに先生のお蔭で街道筋の奴等、一人残らず聖人になっちまうから見てけつかれ」

独《ひと》りで訳の分らぬ自慢をしている。

三

初秋の午《ひる》さがりであった。――裏の空地へ出て子供達に撃剣の心得を教えていると、

「お師匠さま、お師匠さま」

と一人の子供がとんで来て、「向うの原っぱでお侍が斬合《きりあ》いをやってますよ」

「なに、斬合い」

「ほらあすこに、——」

云われて振返ると、鎮守明神社へ行く道を左へ、ちょっと下りた草原で、五六人の武士が斬結んでいる。真昼の光にきらりきらりと白刃の描く虹《にじ》が見えたから、五六人の

「皆ここを動くでないぞ」

と云って孫次郎は大剣を執《と》る。

「直《す》ぐ戻ってくる、出てはならんぞ」

重ねて云い捨てざま、走りだした。

草原の端まで行くと、孫次郎は足を停《と》めて様子を見やった、——斬結ぶ相手は一人、寄手は五名、孰《いず》れも浜松家中の武士と見えるが、相手の一人は格段に腕が冴《さ》えていて、殆んど五人を寄せつけない。

「えーい！」

鋭い絶叫が起こった、五人の内右から二番めにいた若侍が、猛然と上段から斬りつけたのである。

「——おっ！」

応えの声。相手の体がばねのように跳る、白刃がきらりと舞った。

「うっ！」

斬込んだ若侍は横さまに撞《どう》と倒れる、同時に左端の一人が踏込む、刹那《せつな》、

「えいッ」

さっと躱《かわ》しざま、相手が逆に下から払いあげた、踏込んだ方は危うく半身を反《そ》らして避けたが、剣は手を放れて彼方《かなた》の叢《くさむら》へ飛んでいた。——この有様に四名の者は思わずさっと退《ひ》く、孰れも面色蒼《あおざ》白め、呼吸も構えも乱れて来た。

「出来る、とても手に合わんぞ」

孫次郎はそう呟くと、二三間《けん》つかつかと歩み寄って、

「慮外《りょがい》ながら物申す」

と声かけた。「この果し合いは如何《いか》なる意趣でござるか？」

四人の内年配の一人が、

「御意討、御意討でござる、——」

と答える、孫次郎は大剣の鯉口《こいぐち》を切った。上意討とあれば是が非でも討たねばならぬ、然し残る四名では到底むつかしい。

「失礼ながら、お手間とってはならぬとお見受け致す、御助勢申したい」

「——御無用」

と云った時である。

「や、えいーッ」

喚《わめ》いて、相手が逆襲に出た。四名がはっと備えを立て直す隙も与えず踏出して、

「えい、おっ！」

一人を斬る。孫次郎見るなり、

「御助勢、御免」

と叫んで間へ跳込んだ。

残る三名、拒む気力なく二三間退く、孫次郎は刀の柄《つか》へ手をかけたまま、昵《じっ》と相手の眼を覓《みつ》めながら云った。

「御意討を聞いて罷《まか》り出た、当御領内に住む浪士、鎌田孫次郎」

「犬飼研作《いぬかいけんさく》、来い！」

相手も名乗って二三歩さがった。

この時、一人の老武士が馬を煽《あお》って草原へ駆けつけた。それと見て先の年配の武士が走り寄り、事の仔細《しさい》を話そうとする、とたんに、

「えい、えーいッ」

犬飼研作が叫んで、空打を入れた。孫次郎は、さっと跳退《とびしさ》り、初めて大剣の鞘《さや》を払

う、——美しい唇《くちびる》に微笑が浮んだ。

「面白い勝負」

馬上の老武士が低く呟いた。

孫次郎は鋩子《ぼうし》さがり、籠手《こて》をやや左へ外して右足を浮かす、呼吸を計《はか》ってじりりと出た。犬飼研作はようやく相手の腕を知ったらしい。さっと眼色を変えて退る、静かに青眼《せいがん》の剣を上段へすりあげた。——荒い呼吸、体勢明らかに相討ちを狙う、刹那！

「えい！」

と叫んで孫次郎が鋩子尖《さき》を外す、誘いだ、一分も違わぬ呼吸、研作は凄まじく、

「かーッ」

喚きざま、体ごと叩きつけるように斬下ろした。ぎらり、円を描く、剣、孫次郎はさっと、二三間跳退《の》く、研作は横ざまにだだだとよろめいて、草の中へのめり倒れた。

「あっぱれ、お見事——」

馬上の老武士が思わず声をあげた。孫次郎は手早く剣に拭《ぬぐ》いをかけると、

「差し出た仕方、平に御容赦下されい」

と会釈《えしやく》する、倒れている研作の方へ痛ましげな一瞥《いちべつ》をくれて、そのまま大股《おおまた》に草原

を横切って去った。

子供達は空地の隅《すみ》に固まって見ていたが孫次郎が戻って来ると、歓声をあげながら取巻いた。

「お師匠さまは強いなあ」

「五人掛りで駄目だったのを、お師匠さまはたったひと太刀でやっつけちゃった」

わいわい騒ぐのを孫次郎は呼吸も変らぬ静かな口調で制しながら、

「さあさあ、もう剣術は了いだ、お習字をするからみんな手を洗ってお上り」

そう云って家の中へ入った。

四

それから二三日経《た》った或る日。

孫次郎が寺小屋の教授を終って帰ると間もなく、先日馬上で見た老武士が、なんの前触れもなく訪れて来た。

「ああこれは、――」

孫次郎は驚いて、

「斯様な茅屋《ぼうおく》へ宜うこそ御入来、先《ま》ず」

と鄭重《ていちょう》に座へ招きながら、

「椙江、お客様じゃ」

奥へ振返って呼んだが、直《す》ぐ向直って、「御覧の如《ご》き浪宅、何のお構いも成りませぬ、どうぞお許し下されたい」

「御挨拶《あいさつ》却《かえ》って痛み入る」

老武士は容《かたち》を改めて、「拙者は井上播磨守《いのうえはりまのかみ》の家臣、大番頭にて沖田源左衛門《おきたげんざえもん》と申す」

「申し後れました、私、鎌田孫次郎と申します」

「先日は大事の際、よくぞ御助勢下さった、どうでも討たねばならぬ奴、幸い貴殿のお蔭を以《もっ》て仕止め、討手の者面目《めんぼく》相立ってござる。ただ御意の事ゆえ、表向きに貴殿の御披露がならぬこそ残念——これは些少《さしょう》ながら拙者一存のお礼代り、御笑納下さるよう」

「いやそれは困ります、浪人ながら御領内に住む孫次郎、些《いささ》かなりともお役に立てば、本望でござる。礼物など平に……」

「まあお受け下され、辞退されるほどの品でもござらぬ」

贈物を進めて沖田源左衛門が、

「さて、改めてお願いがござる」

と云った、「お腕前のほど先日篤《とく》と拝見仕ったが、御流儀は梶派《かじは》でござるな」

「はあ、未《いま》だほんの未熟者でござる」

「実は拙者も壮年の頃、梶派一刀流を些か学びましたので、太刀《たち》捌《さば》きなつかしく、拝見致しましたが、――就《つ》いては拙者に千之助《せんのすけ》と申す伜が居ります、これに、梶派を教えたいと予々《かねがね》心掛けて居ったところ。如何でござろうか、日取りその他は御都合にお任せ申すが、拙宅まで御教授に出向いては下さるまいか」

大番頭をも勤める人が、自ら辞を低うしての懇請である。素《もと》より武道に生きる身の拒む理由はなかった。

「未熟者の拙者、とても人にお教え申すことなどは、出来ませぬが、折角の思召《おぼしめ》しを辞するは却って失礼、宜しかったら型だけにても」

「御承知下さるか、それは忝のうござる、――では追って日取りなどを決めたうえ」

と源左衛門は悦《よろこ》ばしげに云ったが、ふと奥の方を見やって、

「御家内には御病臥《びょうが》でござるか」

と訊《き》いた。

「はあ――」

孫次郎は何故《なぜ》か俯向《うつむ》いたが、やがて座を立つと、

「御覧下されい」

と云って合の襖《ふすま》を明けた。

これほどの甘次郎と呼ばせる妻、どんな美人かと見ると、——意外や、次の間には小さな経机《きょうづくえ》がひとつ、仏壇の前に据《す》えられて、ゆらゆらと線香の煙が立昇っている。

「これは、——どうした事……？」

「実は、三年あとに死去致しました」

「御死去」

源左衛門は眼を瞠《みは》るばかりだった。ここへ訪ねて来るまえに、附近の者の評判をよく調べて来たのだ、勿論《もちろん》、女房に甘次郎という噂も聞いている。

「すると、先刻奥へ声をかけられたは？」

「お耳に止って赤面仕《つかまつ》る」

孫次郎は低くうなだれて、「仕合せ薄き女にて、三年以前浪々の貧中死なせましたが。未練とお笑い下さるな……手前にはどうしても死んだと思い切ることが出来ず」

「——」

「俤《おもかげ》ある内は生きているつもりにて、あのような独り言を申し始めたのが癖にな

り、今日までそのまま……」

語尾が顫《ふる》え、声がしめった。

既に死んだ妻を、生けるが如《ごと》く思いなして、家の出入り立居にまで、そこに在るかのように声をかける心根、人は未練と笑え、胸を去らぬ恋妻《こいづま》への愛情は、哀れ、

「女房に甘次郎」

の綽名《あだな》にも耐えて強かったのだ。——源左衛門は心うたれて、

「いや佳きお話を承った。亡き人へのそれまでの御愛情、未練どころか、却ってお羨ましゅう存ずる。慮外ながら——拙者も御回向《ごえこう》仕ろう」

「忝のうござる、さぞ悦びましょう」

荒れ果てた部屋だが、塵《ちり》ひとつ止《とど》めぬ行届いた掃除、源左衛門はそれにも、孫次郎の為人《ひととなり》が察せられて、益々頼もしさを感じながら、経机の前に坐り、唱名しながら香をあげたが、ふと仏壇を見上げた時、

「——あ」

と低く声をあげた。仏壇に掲げてある小さな女の絵姿。暫く覓《みつ》めていたが、

「これは御家内のお姿でござるか」

「はあ、同藩の朋友《ほうゆう》に絵心ある者がござって、戯《たわむ》れに描いた似絵が、——今は悲しい

形身となって居ります」

源左衛門は頷《うなず》いて、

「――ふしぎに、似ている」

ともう一度呟いた。

五

朝露がしっとりと庭の芝生を濡《ぬ》らしていた。杉の植込も美しい、爽《さわ》やかな秋の陽《ひ》が、青柿に活々《いきいき》と輝いている。

「――これまで」

声をかけて孫次郎は木剣をひいた。

沖田邸へ通い始めてから早くも半月近くになる、今朝も早くから千之助を相手に烈《はげ》しい稽古をして、ぐっしょり汗になった孫次郎、よき程にしまって、

「疲れましたか？」

若い千之助を労《いた》わるように云った。

「梶派の組太刀は別して烈しゅうござるが、充分にやって置くと竹刀《しない》稽古の会得《えとく》が楽

に参る、呉々《くれぐれ》も御勉強なさるよう」

「はい、忝のう存じます」

「ではまた明後日、――」

去ろうとした時、中庭の方から源左衛門が一人の娘を連れて足早にやって来た。

「先生、暫くお待ち下さい」

「はあ、――」

声をかけられて振返った孫次郎、源左衛門の側にいる娘の顔を見るとさっと、顔色を変えて立竦《たちすく》んだ。

十九か二十にもなろう、肉の緊《しま》った体つきで、小麦色の肌、うるみのある深い双《そう》眸《ぼう》、朱の唇が艶《つや》やかに波を描いて、つつましく見上げる美しい表情、――似ている、不思議なほど似ている、ひと眼見た刹那《せつな》には、亡き妻が生き返ったかと疑ったくらい、椙江の俤にまるで生写しなのだ。

「これは千之助の姉で小房《こふさ》と申す不束者《ふつつかもの》、お見知り置き願いたい」

「は、……拙者こそ、――」

「下手ながら茶を献じたいと申す、御迷惑でなかったらお上り下さらぬか、他に少々お話もござるが」

「お邪魔仕りまする」

孫次郎は俯向いたままで答えた。

汗を拭って衣服を替え、千之助の案内で客間へ行くと、既に席が設けてあるし、見事な蒸し菓子が出ていた。

「どうぞお楽に――」

源左衛門が親しい口調で座へ招く、間もなく、娘小房が茶を立てて来た。――孫次郎は作法正しく喫《きっ》したが、娘の方は見ずに、

「結構なお手前」

と会釈する。源左衛門は待兼ねていたように、

「お話とは外でもござらぬ、鎌田氏には御仕官のお望みはござらぬか」

「――と仰《おお》せられまするは？」

「実は余りに惜しきお腕前、埋木《うもれぎ》のままに置くのは勿体《もったい》なしと存じて、失礼ながら役向きの者に申し伝えたうえ、再三度お稽古の様子を蔭から拝見させましたところ、もしお望みならば当藩へ御推挙申し上げようと、相談が出来たのでござる」

「御配慮なんとも――」

「初めより多分には参らぬ、二百石《こく》ほどでご勘忍《かんにん》下さるならば、直《す》ぐにも手筈《てはず》を致す

が、如何でござろうか」

　親切の溢《あふ》れる言葉だった。

「思召しのほど重々有難く存じまする、二三日御猶予《ゆうよ》を頂いたうえ、御返辞を申し上げとうござるが」

「結構でござる、お待ち申しましょう」

と云って振返り、「これ、小房、——茶をお立て直し申せ」

「いや、最早充分でござる」

「まあそう仰せられるな、粗菓でお口に合うまいがお摘《つま》み下されい、——さあ」

　菓子を進められて、——ふと手を出した孫次郎、菓子を摘もうとしたが、何を思ったかそのまま俯向いて手を膝《ひざ》へ戻して了《しま》った。

「どうなされた——？」

「は、いや」

「粗末ながら吟味《ぎんみ》をさせてござる、御遠慮なくどうぞ」

　孫次郎は答えもなく、ただ静かに会釈をしたが、その眼は熱くうるんでいた。やがて面《おもて》をあげると、

「お赦《ゆる》し下され」

と嗄《かす》れた声で、「急用を忘れて居りました、甚だ失礼ながら、今日はこれにて」

「まあ宜いではござらぬか」

「いや、急ぎの用事ゆえ」

と孫次郎は座を辷《すべ》り、

「お菓子は頂戴仕る」

そう云って敷紙へ菓子を包むと、

「ではもう一杯茶を召上って、——」

と云う源左衛門の言葉を、振切るようにして立上った。

六

家へ帰って来た孫次郎は、そのまま仏間へ入って経机の上へ菓子の包みを供《そな》えると、崩れるように其所《そこ》へ坐って、

「椙江」

せきあげるように云った、「そなたの好きな蒸し菓子だぞ、そなたの好きな……」

う、う、と喉《のど》を絞る嗚咽《おえつ》。

「生前あれほど欲しがっていた菓子が、今になって手に入った、そなたが死んだ今になって二百石の仕官、――今になってこの蒸し菓子がなんになる、二百石がなんになる。出世がなんになるのだ。……嫁《か》して来るが否《いな》や主家を浪人して五年、家柄に育ってなんの苦労も知らぬそなたが、無残な貧に痩《や》せて行く姿。

――わたくしはこれが本望……。

と笑ってくれた顔さえ、孫次郎には熱鉄を浴びる呵責《かしやく》だった。いつまでもこんな貧乏はさせぬ、必ず立身して世の華を見せようと、蔭ながら誓ったことも徒《あだ》となり、薬も満足に与えられぬ貧苦の中で、衰え果てたままそなたは死んだ、――そして今日になって、出世の緒口《いとぐち》、そなた亡き今となって、なんの為に二百石取ろうぞ……椙江、――」

孫次郎は声を忍んで泣いた。

如何《いか》なる悲しみにもいつかは慣れると人は云った。果してそうであろうか。恋妻逝《い》きて三年、千余日の日数が孫次郎の場合にはただ、愛慕をつのらせる日の重なりでしかなかったではないか。

その日の暮れ方である、――街道の猪之松の店先へ孫次郎が訪れた。折良く店にいた隠居六兵衛が、

「これは先生、何か御用でも——？」

「ちとお話がござって」

孫次郎は店先へ入って、

「実は、此方《こなた》には長々と親身も及ばぬお世話に相成ったが、仔細あって、この度当地を立退《たちの》くことに致しました」

「な、何でございますって」

「お笑い下さるな、打明けて申せば家内の体が御当地に合わぬとみえ、とかく調子がすぐれぬ様子、拠《よんどころ》なく南の方へでも移ってやろうと存じます」

突然のことで六兵衛は呆《あき》れた。

「でもそれあ……奥様のお体に合わぬ土地と仰言《おつしや》られればそれ迄《まで》ですが、残念でございますなあ。折角子供達も馴《な》付《つ》いたところで、何処《どこ》か良い医者にでもお診《み》せなすったら如何でございましょう、また……」

「いやいや、気鬱と申す病《やまい》は医薬よりも機嫌次第、気の向くままにしてやるのが何よりの養生でござる」

「では、奥様のお望みで？」

「笑止ながら、我儘者、望みのままに致してやりたいと存ずる……」

さすがの六兵衛もくさった。

「そうでございますか、残念ながらそれではたってお引止めも出来ますまい、――それでは御意のままとして、何日《いつ》お立ちなさいます」

「明早朝の積りでござる」

「どうも余り急なことで御挨拶の申し上げようもございません、奥様には到頭お眼にかからず了いでしたが、道中お気をつけなすって、いずれ明朝お見送りを致します」

「いや折角ながら早立ちの旅、お見送りは固く辞退仕る――、長々お世話に相成った、御縁もあらばまたお眼にかかろうが、此方には呉々も御健固に」

挨拶が済むと孫次郎はすっと立去って了った。――この様子を店の奥から見ていた吉公が憤慨した。

「へっ、甘田甘次郎め」

と聞えよがしに喚く、「隠居さんが折角これまで世話をして守立《もりた》ててやったものを、女房がぐずったからって立退く？――なんてえ義理知らずの武士だろう、あれだから甘次郎だてえんだ、人を馬鹿にしやがって何だ」

「うるせえ、黙ってろ」

「だって甘次郎め、余り舐《な》めてけつかる」

今度は殴られないように遠くから悪態をついている――とその時、一人の老武士がつかつかと店先へ入って来た。

「つかぬ事を訊ねるが」

と云うのを見ると、沖田源左衛門だ。

「唯今《ただいま》これを出て行ったのは、裏に住む鎌田氏であったの」

「へえ左様でございます」

「なにか別れの挨拶をして居った様子だが、そうでは無かったか」

六兵衛は不審そうに見上げて、

「へえ、なんでも急に御家内の都合で明朝早く、南の方へお立ちになるという話でございましたが、――何ぞ御用でもございますか」

「いや別に用事ではない――邪魔をした」

源左衛門は足早に立去った。

七

夜が明けかかっていた。

暗いうちに浪宅を引払った孫次郎、貧しい着換え包みの中に亡き妻の位牌《いはい》をしっかりと納め、見送りが来ては面倒と、急ぎ足に浜松の城下を西へぬけて来た。

――朝霧深く立罩《たちこ》める海道には、まだ往来の人もなく並木の松を越して彼方に、遠い海が光っている。孫次郎は足を停めて振返った。

――その時である、

「お待ち申して居りました」

と声をかけて、並木の松の木蔭から、旅装の女が一人、すっと眼前に現われた。

――孫次郎は愕《びっく》りして、思わず一歩退った。

「何誰《どなた》でござるか、――？」

「…………」

女は笠を脱《と》った。

――清々《すがすが》しい朝の光のなかに、羞《は》じらいを含んで見上げる顔は、沖田源左衛門の娘小房であった。しかも……意外なことには眉《まゆ》を剃り歯を染めている。

「こなたは――小房どの」

「いえ、いまは椙江と申しまする」

孫次郎は自分の耳を疑った。

「どうぞこれを御覧遊ばして」

小房はそう云って一通の書面を渡した。孫次郎は手早く披《ひら》いて見る、

──源左衛門が達筆の走り書きで。

取急ぎ申上げ候《そうろう》。当地お立退きの御胸中お察し申し候、世に亡《な》き人を忘れ得ぬほど哀しきは無し、されども愛情も極まれば不覚に及ぶべし、恋々生涯《しょうがい》を徒空に終るは、よも亡き人の本意に候まじ。時に面しての決断をこそ男には望ましく候、──さて、老の餞別《せんべつ》としてお差添え申し候者は拙者娘にて無之《これな》く、常々御許《みもと》の生けるが如く思われし人の再生せしと思召し候え、当人は素より望むところ、それゆえに名も椙江と改め候。押しつけがましき致し方とお怒りなく、老人の微衷万々お察し願上げ候。なお、呉々も望むところは一日も早き御帰来に候、御心の変る時もあらば是非是非お立戻り下さるべく、老の身のそれのみ待入り候。

平安を祈る、──と読みも終らず、孫次郎は胸をうたれて呻《うめ》いた。

「それ程までにこの孫次郎を」

「椙江、椙江──？」

骨に沁入《しみい》る篤《あつ》い情誼《じょうぎ》だった。親切を徒にして立退こうとする身を、武士と見込めばこそ娘の眉を落し、歯を染め、名を変えるのみか亡き人の再生と思えとまで云い添えてある、これ程の深い信頼が世に又とあろうか。——武士は己れを知る者のために死すと云う。

孫次郎の顔に卒然として力が溢れた。

「小房どの、——いや椙江と申すに及ばぬ、小房どの」

「——はい」

「今は何事も申し上げぬ、旅の不自由御得心でござるか」

「どこまでもお伴を致します」

「では、——紀州《きしゅう》へ参ろう」

孫次郎は手紙を巻き納めて、

「高野《こうや》の霊場へ納めるものがござる、その供養を終ったら直ぐに浜松へ戻りましょうぞ」

「あの、ここへ……？」

「行って帰るまで多くかかっても二十日、帰ったら其許《そこもと》と改めて祝言だ」

「まあ」

小房は思わず頰《ほお》を染めて、しかし双眸は燃えるように男の表情を覓《みっ》めながら羞じらいの微笑をうかべるのだった。

「さあ――」

孫次郎は静かに促した。

「戻るまでは旅の道連れ、戻ったうえは、――御承知でござるか、拙者には甘次郎という綽名《あだな》がござる、女房に甘次郎……今度は家中の評判になりましょうぞ」

「まあ……存じませぬ」

唇許《くちもと》を笠で隠しながら見上げる眼、孫次郎はその眸子《ひとみ》の中に、ありありと亡き妻の甦《よみがえ》った姿を見出したのであった。

つつましく寄り添って朝霧のなかを西へ旅立つ二人。少し離れた小高い丘の上に、沖田源左衛門が老友林《はやし》主殿《とのも》と並んで、その後ろ姿を見送っていた。

「秘蔵の娘を、よく思い切ったの」

主殿が云うと、

「千人に一人の婿《むこ》じゃ」

源左衛門は嬉《うれ》しそうに頷き、頷き、

「あれだけの器量を持ちながら、亡き妻に誠を尽すほどの男、あっぱれものの役に立つべき人物となろう、——娘一人なにが惜しかろう、これで老後の楽しみが　つ殖《ふ》えたわ」

源左衛門の唇に明るい会心の笑みが波をうった。富岳《ふがく》の頂きに赫々《かつかく》と朝日が燃えている。

あすなろう

一

うすよごれた手拭《てぬぐい》で頬冠《ほおかむ》りをした、百姓ふうの男が一人、芝金杉《しばかなすぎ》のかっぱ河岸《がし》を、さっきから往ったり来たりしていた。日はすっかり昏《く》れてしまい、金杉川に面したその片側町《かたがわまち》は、涼みに出た人たちで賑《にぎ》わっていたが、誰もその男に注意する者はなかった。やがて、「灘久《なだきゆう》」と軒提灯《のきちようちん》のかかっている、かなり大きな居酒屋から、職人ふうの男が出て来、それを認めたこちらの百姓ふうの男が、すばやく近よっていった。二人は並んで歩きだし、百姓ふうの男がなにか訊《き》いた。片方は首を振った。二人はなおも囁《ささや》きあったが、町木戸のところで引返し、こんどは百姓ふうの男が、「灘久」の縄暖簾《なわのれん》を分けてはいっていった。

二

「おめえ少し饒舌《しゃべ》りすぎるぜ」

「これも女をものにする手の一つさ」若いほうの男が云《い》った、「冗談じゃあねえ、あにいだってゆんべは結構しゃべったじゃあねえか」

「ちぇっ、ゆんべだってやがら」年上のほうの男は右手の指の背で鼻をこすった、「おれがゆうべなにを饒舌った」

「この辺の生れで、なんでも大きなお店《たな》の二男坊だったとか、二階造りの家に土蔵が三戸前もあったとか、小さいじぶんから暴れ者で、近所の者はもちろん、可愛《かわい》い妹まで虐《いじ》めてよく泣かしたとか」

年上の男は笑いながら首を振った、「でまかせだ」

「本気で云ってたぜ」

「でたらめさ、酔ってたんだ」と年上の男は酒を啜《すす》ってから云った、「生れたのは宇《う》田川町《だがわちょう》、うちは小さな酒問屋だった、蔵というのは古い酒蔵が二棟で、一つは半分壊れかけていたっけ、子年《ねどし》の火事できれいに焼けちまったそうだがね」

「すると、うちの人たちは」

「酒が来たぜ」

小女《こおんな》が燗徳利《かんどくり》を二本、盆にのせて持って来た。年上の男が肴《さかな》を注文し、若いほうの男は酒を調合した。空《あ》いている徳利へ、新しい徳利の酒を二割がた移し、脇に置いてある土瓶から薄い番茶を注《つ》ぎ足すのである。つまり番茶を二割がた混ぜたうえで、その酒を飲むのであった。

「おめえはふしぎなことをするな」と年上の男が云った、「そんなものを飲んでうめえか」

「松《まつ》あにいは知らねえんだ、尤《もつと》も初対面から三日しか経《た》っちゃあいねえからな」と若いほうが云った、「こいつは番太のじじいに教わったんだが、こうして飲むと中気《ちゆうき》にならねえっていうんだ、茶が酒の毒を消すんだってよ、じじいは八十まで丈夫で、いつも安酒を絶《た》やしたことがなかったが、現に中気にもならず胃を病《や》んで死んだよ」

「するとおめえも、中気になる年まで生きてるつもりか」

「百までもな」と若いほうはやり返した、「生きられるだけ生きてたのしむつもりさ、たのしく生きる法を知ってる者には、この世は極楽だぜ」

「人を泣かして、てめえだけ極楽か」

「あにいは知らねえ、女ってものは泣くのもたのしみのうちなんだ」と若いほうは云った、「——おらあこれまでに、そうさ、十五人ばかり女をものにし、たのしむだけたのしんでから売りとばした、おかしなことに、どの一人とも夫婦約束はしなかった、夫婦にゃあならねえと初めから断わったもんだ」

この店の広い土間には、差向いに六人掛けられる飯台が三つ、四人で掛けるのが三つ、左右の壁に沿って、片方だけに七八人掛けられるのが二つあった。——いま忙しい時がひとさかり過ぎたところで、この二人のほかに、三人組と二人組の客があり、べつの飯台に百姓ふうの男が一人いた。その男はもう半刻《はんとき》以上にもなるのに、突出しの小皿を前に置いたきり、一本の酒を舐《な》めるように、大事に啜りながら、ときどき松あにいと呼ばれる男のほうを、すばやい眼つきでぬすみ見していた。——三人組と二人組の客たちは、どちらも相当に酔って、高ごえで話したり笑ったり、ときには唄《うた》をうたったりするので、こっちの二人はしばしば話を遮《さえぎ》られた。

「おれがこんな人間になったのも女のためなんだ」と若いほうが云っていた、「男ってものは赤ん坊からだんだん育ってゆくだろう、五つの年には五つ、十になれば十ってぐあいにさ、ところが女はそうじゃあねえ、女ってやつは立ち歩きを始めるともう女になっちまう」

「男だって生れたときから男だろう」
「そうじゃあねえんだ」若いほうはそこからうまい言葉をみつけだそうとでもするように、持っている盃《さかずき》の中をじっとみつめた、「いろけづく、——でもねえな」と彼は首を捻《ひね》ってから、考え考え云った、「つまりこんなふうなんだ、男にはねえが、女にはおませな子っていうのがあるだろう、女の子はこんなちっちゃなじぶんからへんにしなを作ったり、横眼で人を見たりすましたりするが、おませになるともうおとなとおんなじだ、いろっぽいところも小意地の悪いところも、男にちょっかいをだすところまでおんなじなんだ」
「いやなやつだな、おめえは」
「松あにいは知らねえか」
「おれは文次《ぶんじ》ってんだ」と年上の男が云った、「なにを聞き違えたか知らねえが、名まえは文次ってんだから覚えといてくれ」
「おかしいな」と若いほうが云った、「初めにおれが政《まさ》だと名のったら、あにいは慥《たし》か」
「文次だ」と彼は押っかぶせるように云った、「職は指物師《さしものし》、名めえは文次、わかったか」

「わかったよ」と政は頷いた。

「それで」と文次が促《うなが》した、「おれがなにを知らねえって」

「なんだっけ、ああ――」政は一と口啜ると、飯台へ片肘《かたひじ》を突き、文次を斜《はす》から見あげるようにして云った、「あにいは小さいじぶん、女の子にちょっかいをだされたことがねえかっていうんだ」

「ねえな」と文次は答えた、「おれのほうから乱暴をして泣かしたことはあるが、女の子にちょっかいをだされたなんて覚えはねえ」

「おれは幾たびもあるんだ、いちばん初めは四つの年だ」彼は追憶を舐《な》めるような口ぶりで云った、「相手は同じ町内の娘で、年は六つか七つだったろう、増上寺《ぞうじょうじ》の境内へ遊びにいって、竹やぶの中で仰向《あおむ》きにされて押っぺされた、そのとき背中で竹の枯葉がごそごそ鳴ったのと、竹の葉の匂いがしたのをいまでもよく覚えているよ」

　文次は無感動に聞いていた。

「その娘には何度もそんなことをされたが、何度めかに町内の筆屋の路地で、炭俵へこう倚《よ》っかかったまま押っぺされているところをおふくろにみつかった」政は肱《ひじ》を突いた手で頰《ほお》を支えながらくすっと笑った、「――おふくろにこっぴどく叱《しか》られたっけ、こっちはなんにも知っちゃあいねえ、ただその娘の云うなりになってたんだが、おふくろに叱られてからそれが恥ずかしいことで、人に知られては悪いんだってことに気がついた」

「四つや五つでか」

「四つの年の夏だったよ」

「おめえはいやなやつだ」文次は顔をしかめた。

「おれがか」政は身を起こした、「おれはなんにも知らなかったんだぜ」

「突きとばしてやれ」と文次が云った、「四つだって男だろう、そんなことをされたらはり倒すか突きとばしてやればいいんだ」

「それがそうはいかねえんだ、こっちはわけがわからねえのに、相手はおとなみてえになってる」政は唇《くちびる》を舐めた、「――おれがぐれ始めて、娘をひっかけるようになってから気がついたんだが、六つか七つでいながら、そういうときに云ったりしたりすることはおとなとおんなじなんだ、ほんとだぜ」

小女が肴の皿を持って来て置き、あいている皿や小鉢を重ねて、脇《わき》のほうへどけ、酒の注文を聞いて去った。

「いちどこんなことがあった、これはいま云った筆屋の娘で八つくらいだったかな、いい物を見せてやるから来いって云うんだ」政は一と口啜って続けた、「そうよ、慈《じ》光院《こういん》の裏に空地があって、隅《すみ》のほうに高さ三尺ばかりの笹《ささ》やぶが茂ってる、その中へ伴《つ》れこんだと思うと、その娘が坐《すわ》って、両足をこう、ぱっと左右へ」

「どこかで聞いたような話だぜ」

「まあさ」と政はなお続けた、「まあそれはいいんだ、それはよくあることかもしれねえが、おれの云いてえのはそのときの娘の眼だ、こうやってぱっとひろげてから、おれの顔をじいっとみつめてやがる、ひろげて見せるだけじゃあねえ、それを見ておれがどんな顔をするか、ってえことに興味があったんだな、ずっとあとで、そういうまねをすることの好きな女にたびたび会ったが、そういう女たちと、八つの娘の眼つきが殆《ほと》んどおんなじなんだ、ほんとだぜあにい」

「それで、つまり」と文次が云った、「女は子供のときから女だってえわけか」

「現にこの身でぶっつかったことなんだ」

「ほんとだぜ、か」と文次は首をゆっくりと振った、「おめえはいやなやつだ」

三人組の客が勘定を命じ、そこへ四人伴れの客がはいって来た。その四人はもうひどく酔っていて、三人組が去ったあと、却《かえ》って店の中はそうぞうしくなった。二人組の客はいちど口論を始めたが、喧嘩《けんか》にはならず、互いに慰めたりなだめたりしながら、また仲よく飲み続けていた。

「くどくってね、へっへ」と政が話していた、「女をくどくなんてばかなこった、へたにくどいたりするから女は用心しちまうんだ、女をものにしたかったら軀《からだ》を責めりゃあいい、いきなり抱きついて口を吸う、いやだって云ったらもういちどやる、二度、三度とやりゃあ女は黙っちまうもんだ」

「子供を騙《だま》すようなもんか」

「但《ただ》しみんながみんなじゃあねえぜ、中にゃあ田之助《たのすけ》が裸で抱きついたって、石みてえにびくともしねえ女がある、そいつを見分ける眼がねえとしくじるんだ」

「おめえはしくじらねえんだな」

「そんなのには手を出さねえからな」

「情にほだされることあねえか」

「初めから夫婦にならねえと断わるくれえだぜ」と云って政は可笑《おか》しそうに含み笑いをし、文次のほうへ半身を近よせた、「——面白《おもしれ》えんだ、あにい、女をものにしていよいよそうなるだろう、するとな」そこで彼はまた含み笑いをした、「或《あ》る女はどうしても口を吸わせねえ、これだけはきれいにして嫁にゆきてえ、って云うんだ、またべつの女は乳に触らせねえ、乳だけは亭主になる人へきれいなまま持ってゆきてえ、って云うのよ」

「その次は臍《へそ》か」
「嘘じゃねえってば」と政は口を尖《とが》らして云った、「口だけはとか、乳だけはとか、嫁にゆくときの自分の気慰めだろう、どうしても触らせねえ女が幾人かいた、けれども、肝心なところを除《よ》けた者は一人もなかった、ほ、いやこいつは正真正銘のことなんだよ」
「どっちでもいいが、ほんとだとすれば罪な野郎だ」と文次が云った、「そうやって女をものにして、たのしむだけたのしんだあとは売りとばすか」
「それも女のおかげさ、四つか五つから女の子にちょっかいをだされて、十四五になるともう女のほかになんにも興味が持てなくなっちまった」政はなんの感情もない微笑を唇にうかべた、「どんなに惚《ほ》れた女でも、ものにしちまうともうそれっきりさ、すぐに次の女が欲しくなり、その女をものにするためにこっちの女を売る、考えてみればなさけねえようなもんだ、まったくのところ、自分で自身がなさけなくなるときがあるよ」
「今夜また一人やるとか云ってたが、そういう口でうまく騙したんだな」
「本当になさけなくなることがあるんだ、あにいにゃあそんなこたあねえか」
「今夜はなさけなかあねえんだな」

「業《ごう》ってもんかもしれねえ」

「あまえたことを」と文次が云った。

「暫《しばら》く土地を売って、息抜きがしてえんだ」と政は遠くを見るような眼つきで続けた、「その娘は二十六になる、下に妹が二人あって、その二人は嫁にいっちまった、姉のそのおむらというのはいちばん縹緻《きりよう》よしなんだが、縁不縁というやつか、今日まで売れ残っていたんだ」

「ひっかけるにゃあもってこいか」

「息抜きがしてえって云ったろう、その娘は百両持って来る筈《はず》だ」と政は続けた、「うちは大店《おおだな》だし、二十六にもなる娘を嫁にやるとなれば、軽くやっても二百両や三百両はかかるだろう、それを百両で片がつくんだし、娘は初めて男の味を知るわけだ」

「礼でも云ってもらいてえか」

「木《き》更津《さらづ》に遠い親類がいるんだよ」政は徳利を振ってみて、残り少ないのを盃に注ぎながら云った、「そこへいって半年か一年、暢《のん》びりくらして来てえと思うんだ」

「ひとくちに百両って云うが、いくら大店だって百両は大金だ、娘なんぞに持ち出せるようなところへ放って置きゃあしねえぜ」

「それが金を扱うしょうばいなんだ、質と両替を兼ねているんでね、五百両ぐれえの金なら、いつでも手の届くところにあるんだ」

「質と両替だって」

「金杉本町じゃあ一番の店構えだ」

文次がなにか云おうとしたとき、向うで一人で飲んでいた百姓ふうの男が、こっちへやって来て政に呼びかけた。

「いい景気らしいな政」とその男は云った、「なんでそんなに儲《もう》けた」

「和泉屋《いずみや》の親分ですか、ちっとも気がつかなかった」と政はきげんを取るように云った、「お掛けんなりませんか」

「願いさげだな」男は眼の隅で、文次をぬすみ見ながら、云った、「おめえの酒は女っ臭《くせ》え、しゃれて云えば女の涙で塩っ辛《かれ》えからな、——伴れがあるようだが友達か」

「ええ、指物職でね」

「名めえは文次だ」と文次が云った、「住居《すまい》は京橋《きょうばし》白魚《しらうお》河岸《がし》の吉造店《よしぞうだな》で、年は二十九、ほかに訊くことがあったら云ってくれ、答えられることならなんでも答えるぜ」

「そうむきになるなよ、親方」と男は皮肉に云った、「怒るとせっかくの酒がまずくなるぜ」

「あにい」と政は文次に一種の手まねをし、頭をさげながら云った、「たのむよ」

文次はそっぽを向いた。

「そうだ、そのほうがいい」と男は云った、「こんなところで男をあげたって三文の得にもなりゃあしねえ、政、——邪魔あしたな」

「とんでもねえ、親分」

「よしゃあがれ、てめえに親分なんて呼ばれるほど落ちゃあしねえや、こんど親分なんて云ったら承知しねえぞ」

「黙ってろよ」と文次が政に顎《あご》をしゃくった、「ふところに十手《じって》を呑《の》んでれば天下さまだからな」そして男に云った、「おまえさんのこっちゃあねえぜ、和泉屋の親分」

「ありがとうよ」と男は冷笑した。

男は元のところへ戻って勘定をし、そのまま外へ出ていった。小女が酒を持って来、政はまた茶と調合しながら、いったいどうしたことだと文次に訊いた。

「あんなに突っかかってよ」と政は云った、「先はなんにも云わねえのに、こっちから突っかかるなんて気が知れねえ、おらあはらはらしちまったぜ」

「岡《おか》っ引《ぴき》はでえ嫌《きれ》えだ」文次は土間へ唾《つば》を吐いた、「世の中に岡っ引くれえ嫌えな者はありゃあしねえ」

「なにかあったのか」

「この干物はまずいな」文次は箸《はし》で肴を突つき、「こいつはくさやの」と云いかけて、その言葉を刃物ででも断ち切るように、ぴたっと唇をひきむすんだ。

政も同時に「これはくさやの」と云いかけ、文次が急に口をつぐんだので、彼もあとは云わずに文次を見た。すると、文次はその不審そうな政の眼に気づいて、てれたような、どこかあいまいな微笑をうかべた。

「よせよ」と文次は云った、「そんなんじゃあねえぜ」

「なにがさ」

「嫌えな十手のあとでくさやに気がついたから、いやなこころもちになっただけだ」

「十手とくさやと縁があるのか」と云って政も思い当ったのだろう、丈夫そうな黄色い歯を見せて笑った、「――そうか、くさやは三宅島《みやけじま》かどっかで、流人《るにん》が作るって聞いたっけ」

「おれは悪い野郎だ」文次は続けて二杯飲んだ、「生れつきの性分なんだろう、手に負《お》えねえ乱暴者でしょっちゅうまわりの者を泣かした、いちばん好きなやつ、可愛いやつほど虐めたもんだ、どういう気持なんだかわからねえ、いちばん可愛い妹の巾《きん》着《ちゃく》から銭をくすねたり、大事にしている玩具《おもちゃ》を毀《こわ》したりしたもんだ、そうして親に叱られるとうちをとびだし、どっかの物置とか、薪《まき》小屋なんぞへもぐり込んで寝て、二日も三日もうちへ帰らねえ、そんなことを数えきれねえほどやった」

「それが」と彼は手酌で一つ呷《あお》って続けた、「うちで綿の厚い蒲団《ふとん》にくるまって寝るより、そうやって物置なんぞで寝るほうがおれにはうれしかったんだ、――おやじもおふくろもいい人だったし、兄貴や妹たちもいいきょうだいだった、ところがおれだけはそんな性分で、それをどうしようもなかった、自分で自分がどうにもならなかったんだ」

「わかるよ」と政がまじめに頷き、大事そうに盃の酒を舐めた、「それじゃあ岡っ引が嫌えな筈だな」

「十四の年にうちをとびだした」と文次は云った、「それからこっち、岡っ引とか十手なんぞがむやみに憎くなった、悪い事をする人間はある、だがたいてえは気の弱いやつか、どうしようもなくってやっちまうんだ、やったあとでは自分で自分の骨を噛むほど後悔するんだ、おめえだってそうだろう」

政は黙って自分の盃を見まもっていた。

「気違えはべつだ」と文次はなお続けた、「しかしまともな頭を持っていて、それでも悪い事をする人間は可哀そうなんだ、悪い事をするたんびに、十手で殴られ捕縄《とりなわ》で縛られるより、もっともっと自分で自分を悔んでるんだ、——おれだってまともな性分に生れたかったよ、あたりまえに女房を貰《もら》って家を持ちてえ、一日の仕事から帰ると湯へいって汗を流し、女房子といっしょに晩めしを喰《た》べてえ、それが人間に生れて来たたのしみってえもんだ、そんなふうにして飲む一本の酒は、料理茶屋で一両使って飲む酒よりうめえだろう、それがおれにはできなかった、おれにはそうすることができなかったんだ」

四人伴れの客は、さっきから唄をうたいだし、皿小鉢を叩《たた》きだしたので、小女がよしてくれと止めにいった。一人がいきなり立ったが、伴れがなだめて皿小鉢を叩くのはよした。けれども唄のほうは代る代る、もっと高ごえでうたい続けた。そこへ二人伴れと三人伴れの客がはいって来、さっき口論した二人伴れが出ていった。

「こんなことを云うのはへんだが」と政がそっと云った、「よかったらあにい、おれたちといっしょに木更津へいってみねえか」

「どうして」

「木更津にだって指物師の仕事はあるだろう、半年でも一年でも江戸をはなれて、田舎《いなか》ぐらしも気が変っていいもんだぜ」

「おれの話がそんなふうに聞えたか」

「今夜十時《四ツ》に、百両持って娘が来るんだ、芝浜《しばはま》から出る木更津船には二人分の船賃も払ってある、あにいの分さえ払えばそれで木更津へゆけるんだよ」
「その娘のことを諦《あきら》めるか」
「どうして」
「おらあかどわかしの片棒を担《かつ》ぐなあまっぴらだ」と文次が云った、「尤《もっと》も、百両というのも怪《あや》しいし、娘の来るっていうのも怪しいがな」
「嘘じゃねえ正真正銘だってば」
「本金杉《ほんかなすぎ》で質両替っていえば徳銀《とくぎん》だろう」と文次が云った、「あれだけの物持のうちの娘が、こんな見えすいた手に乗るたあ思えねえ、案げえおめえのほうで一杯くわされてるんじゃあねえのか」
「じゃあためしてみねえな」と政はむっとした口ぶりで云った、「この向うに天福寺《てんぷくじ》ってえ寺があるだろう」
「天福寺は知ってる」
「その境内に大きな檜《ひのき》があるが、そこで十時《四ツ》におち合う約束なんだ」
「おめえは間違ってる」
「まちげえなしだってばな」

「間違ってるよ」文次は二杯続けて呷った、「あの木は檜じゃあねえ、あすなろうっていうんだ」

「なんだ、木の話か」と云ってから、政は文次を見た、「——あすなろう、へんな名じゃあねえか、初めて聞いたぜ」

「小せえときはひばっていうんだ、檜に似ているが檜じゃあねえ、大きくなるとあすなろうっていう、あしたは檜になろうっていうわけさ、ところがどんなに大きくなってもあすなろう、決して檜にゃあなれねえんだ」

政は眼を伏せ、なんの意味もなく、茶のはいっている土瓶を指で突ついた。

「おれたちみてえだな」と政が呟《つぶや》いた。

文次が彼を見た、「なんだって」

「あにいもいま云った、まともなくらしがしてえって」と政は力のない声で云った、「おれだってそう思わねえこたあねえんだ、それがどうしてもそうはいかねえ、——ちょうど、あすなろうみてえに、この世じゃあまともなくらしはできねえようだ」

文次は笑ったが、すぐに笑いやめ、政のほうへ身をのりだした。

「そう気がついたら徳銀の娘を諦めろ」と文次は云った、「おめえはまだ若え、この辺で立直れば深みへはまらずに済むぜ」

「それができればとっくにやってるさ」

「いっしょに木更津へゆこう」と文次は感情をこめて云った、「ぐれた同志だからお互《たげ》えが力になれる、田舎へいって地道に稼いで、よごれた軀をきれいにしようじゃねえか」

「あにいにそんなことを云われようたあ思わなかったな」政は渋い顔をした、「せっかくだがそいつはだめだ、娘はもうのぼせあがって、おれとならどんな苦労でもする気になってるし、なにしろ百両ってものが付いてるんだからな、そんな大金を手にするのは生れてこのかた初めてなんだから」

そのとき店へ、三人の男がはいって来た。一人は四十がらみで、目明《めあか》しとすぐにわかる風態《ふうてい》であり、他の一人はさっきの百姓ふうの男、もう一人は職人のような恰好《かっこう》をしていたが、店へはいって来るなり、目明しとみえる男が「みんな静かにしろ」とどなった。その声の異様なするどさに、騒いでいた四人伴れをはじめ、みんなが話をやめて振向いた。すると、目明しとみえる男は、ふところから十手を出してみせた。

「御用である」と男は云った、「みんなそこにじっとしてろ、動くんじゃあねえぞ」

政は文次を見た。文次はやんわりとした動作で、立ちあがった。

三

「その野郎」と目明しふうの男は、十手を文次に向けながら叫んだ、「動くなと云ったら動くな、じっとしていろ」

文次は振向きもせず、軀が宙にでも浮いているような、軽い、なめらかな動作で、すっと板場のほうへ消えていった。極めてなめらかではあるが、板場と店とのあいだに掛っている縄暖簾の向うへ、彼の姿が消えたとき初めて、それがどんなにすばやく、的確な動作であったかがわかった。

目明しふうの男は呼子笛《よびこ》をするどく吹き、他の二人は文次のあとを追った。板場では二人の喚《わめ》く声がし、店の客たちは固くなって、それぞれの飯台に向ったまま、しんと息をころしていた。目明しふうの男は政の側へ来、彼の肩を十手で押え、「動くなよ」と云って、板場へはいっていった。

「金《きん》さんだいじょぶよ」と小女の一人が、あとから来た二人伴れの客の一人に云った、「あんたふるえてるじゃないの、飲んでたってだいじょぶよ」

「おれがふるえてるか」

「ふるえてるわよ」と他の小女も云い、小さな肩をすくめて含み笑いをした、「そら見なさい、お猪口《ちょこ》が持てないじゃないさ」

客の伴れが笑って云った、「ふるえるのは金公《きんこう》の持病だ、酒の中毒でな、酔えばすぐにおさまるんだ、なあ」

「よしゃあがれ」金公と呼ばれた男が云った、「おらあふるえてなんぞいやあしねえや」

政は飯台に凭《もた》れたまま、そっと自分の両手を見た。顔には血のけがなかったし、手指はひどくふるえていた。指をひろげると、右手の中指と薬指とが、ふるえのために触れあうほどであった。

板場は静かになっていた。裏手のほうで三度ばかり呼子笛が聞えたが、三度めのはかなり遠く、そのあとは聞えなかった。客たちがほっとすると、仕切の縄暖簾から、この店のあるじが顔を出して、「お騒がせしまして済みません」とおじぎをした。

「どうぞ召上っておくんなさい、もうそうぞうしいこともないでしょうから」

「いまの男はどうした」と三人伴れの客の一人が訊いた、「うまく捉《つか》まったか」

「どうですかね」とあるじが答えた、「なにしろすばしっこい男で、あっしの脇をぬけて裏口へ出ていったんだが、まるっきり煙でもながれてくようなあんばいでしたよ」

「帰ってもいいのかな」と向うから客の一人が云った。

「済みませんが待っておくんなさい」とあるじが云った、「誰も動かすんじゃあねえって云ってましたから、どうかもうちょっとそのままでいておくんなさい」

そして、もういちどおじぎをして、あるじは板場へ戻った。

「ひでえめにあうぜ」と客の一人が云った、「人間なんてどこでどんなめにあうかしれたもんじゃあねえ、嬶《かかあ》の親類が来ていて、今夜はおらあもうけえっていなくちゃあいけねえんだ」

「また始めやあがる」とその伴れの一人が云った、「こいつは口を開けば嬶だ、どうしてそんなに嬶が気になるんだ」

「気になるなんてなまやさしいもんじゃねえ」と他の一人が云った、「こいつはかみさんに惚れてやがるんだ、いっしょになって十年の余も経《た》つてえのによ、いやなやつさ」

政は手酌で一つ飲んだ。

――どうしよう。

恐怖と混乱した気持が、彼の表情にそのままあらわれていた。追い詰められ断崖《だんがい》の端《はし》に立って、逃げ場のないことに狼狽《ろうばい》しているような顔つきであった。まわりの客たちはしだいに陽気さをとりもどし、店の中は器物の音が賑《にぎ》やかに、話したり笑ったりする声を縫《ぬ》って、小女たちの注文をとおすきんきんした声も聞えだした。政にはなにも耳にはいらないらしい、彼はからの盃を持ったまま、幾たびも太息《といき》をつき、幾たびも自分の手をみつめ、また、寒さでも感じるように絶えず衿《えり》をかき合せていた。

どのくらい刻《とき》が経ってからだろう、肩に手を置かれて、政は殆《ほと》んどとびあがりそうになり、妙な声をあげながら振返った。彼が和泉屋の親分と呼んだ、百姓ふうの岡っ引が来てい、彼の脇、――文次が掛けていた反対の側へ腰を掛けた。

「どうするんです、親分」政は吃《ども》りながら云った、「あっしはなんにも知りませんよ」

「取って食うわけじゃあねえ、まあおちつけよ」岡っ引は振向いて小女を招き、水を呉《く》れと云ってから、ふところに突込んであった手拭《てぬぐい》を出して汗を拭《ふ》いた、「――政、おめえいまの男とどんな関係があるんだ」

政は口をあいたが、すぐには声が出ないようすで、あいた口を閉じ、唾をのみこみながら、強く頭を左右に振った。

「なんにも、関係なんかありません」とようやく政は答えた、「ただ、さそわれたからいっしょに飲んだまでです」

「おめえはうすっきたねえ悪党だ、悪党の中でもいちばんうすっきたねえどぶ鼠《ねずみ》だ」と岡っ引は云い、小女の持って来た湯呑の水を飲んで、とんと、湯呑を飯台の上へ置いた、「――てめえみてえな野郎に騙される女も女だが、五躰揃《ごたいそろ》ったいちにんめえの男が、弱い女を食いものにして、女に泣きをみせて生きてゆくたあ、聞くだけでも肝が煮えるぜ」

政は黙って低く頭を垂れた。他の客たちはまた静かになり、眼を見交《みかわ》したり、囁《ささや》きあったりしていた。

「御定法《ごじょうほう》ではてめえを引っ括《くく》るわけにゃあいかねえ、それが残念だ」と岡っ引は続けた、「本来なら押込み強盗より罪が重いんだ、おらあできることならてめえを八つ裂きか、鋸《のこぎり》引きにでもして殺してやりてえくれえだ、いつかおれの手で、きっとそうしてやりてえと思ってるんだぞ、政、聞いてるのか」

「へえ、ええ」政は吃驚《びっくり》したように顔をあげ、いそいで、何遍も頷《うなず》いた、「聞いてます、ええ、ちゃんとこうして、うかがっています」

「おい、おまえさんたち」岡っ引は客たちに向って云った、「こいつは見世物じゃあねえんだぜ、みんな飲み食いに来たんだろう、そんなら飲んだり食ったりしてえるがいい、こっちに気を使うこたあねえんだぜ」

客たちは顔をそむけ、急に思いだしたように、徳利や盃を取った。そこへ小女が、酒と肴の小皿を盆にのせて持って来、岡っ引の前へ並べた。

「帳場からです」と小女が云った、「どうぞ召上ってくださいましって」

「水をもう一杯くんな」と岡っ引は云った、「大きい湯呑のほうがいいぜ」

小女は去った。

「政、——」と岡っ引は云った、「四光《しこう》の平次《へいじ》とどんな仕事をした」

政は腑《ふ》におちない顔で相手を見た、「四光の平次ですって」

「しらばっくれるな」

「知りませんよ、あっしはそんな人間は見たこともありません」

「しらばっくれるなってんだ」岡っ引の上唇が捲《まく》れて、莨《たばこ》のやにの付いた歯が見えた、「てめえが昨日からいっしょだったことは、ちゃんとこの眼で見ているんだぞ」

「だってあっしは」と云いかけて政は眼をみはった、「——いまの、文次ですか」

「四光の平次だ」

「だってあれは、京橋白魚河岸の、指物師で」

小女が大きな湯呑を持って来、岡っ引の前へ置いて去った。岡っ引は並べてある酒と肴の皿を押しやり、水を二た口、喉《のど》を鳴らして飲んだ。

「あいつは左の腕に、花札の四光の刺青《いれずみ》をしている、それで四光の平次と云われてるが、二人も人をあやめた兇状持《きょうじょうも》ちだぞ」
「二人もあやめた」
「一人は藤沢宿《ふじさわじゅく》、もう一人は川崎《かわさき》、どっちも十手を預かる御用聞だ」岡っ引は片手を伸ばして政の衿を摑んだ、「——さあ吐いちまえ、てめえ平次とどんな仕事をした」
「知らねえ、あっしゃあなんにも知らねえ」
「番所へしょっぴこうか」
「おらあ、あっしは三日めえに品川《しながわ》の升屋《ますや》で会った、ほんとです、初めて升屋で会って、向うからさそわれて飲みだしたんで、それからずっと酒のつきあいをしていただけです、嘘はつきません、本当にそれっきりのつきあいなんです」
「泊ったのはどこだ」岡っ引は摑んだ衿をねじりあげた、「野郎、ごまかすと承知しねえぞ」
「さいしょは品川の万字相模《まんじさがみ》」と政は喉の詰った声で云った、「ゆんべは高輪《たかなわ》の松葉屋《まつばや》という安宿です」
「今夜はどうする手筈だった」
「なんにも」と政は首を振った、「まだなんにも相談しちゃあいません、相談する暇ちを横眼で眺め、政はふるえながら衿をかき合せた。

「平次はなにを饒舌った」岡っ引は向き直って政に云った、「いまどんなことをしているか、これからなにをしようとするか、平次の饒舌ったことを残らず話してみろ」

「これってほどのことは云いませんでした」と政は頸《くび》を撫《な》でながら、思いだそうとするように頭を片方へかしげた、「あっしの聞いたのは、宇田川の生れで、うちは酒問屋だったって、なんでも十二三からぐれだしたあげく、長いこと上方《かみがた》から越後《えちご》のほうとか、指物職をしながらいろんなところをまわり歩いたが、親きょうだいの顔が見たくなって帰って来た、そんなことを云ってました」

「親きょうだいに会ったと云ったか」

政は首を振った、「その宇田川町の家が子年《ねどし》の火事できれいに焼けちまって、親たちのゆくえも知れねえっていう話でした」


がなかったんです」

「平次の荷物は松葉屋か」

「知りません、ずっと手ぶらでした」

「まちげえはねえだろうな」

政が頷くと、岡っ引は衿を摑んでいた手を放し、湯呑の水を飲んだ。彼は他の客た

「なんていう屋号だ」

「さあ、なんて云いましたか」考えてみてから、政は答えた、「そいつは聞かなかったようだな、ええ、屋号のことは云いませんでしたよ」

「白魚河岸の長屋ってのは」

「そう云うのを聞いただけです、いまになってみると嘘かもしれませんが」

「それでみんなか」

「これで残らず申上げました」

「隠しだてをしてあとでばれるとお縄にするぞ」と岡っ引は云った、「平次は人殺し兇状、ちっとでもてめえにかかりあいがあれば、これまでの罪をきれいに背負わせてやるぜ」

「ええ、そうして下さい」政は弱よわしく答えた、「あっしにもし罪があるなら、いつでもお縄を頂戴しますよ」

岡っ引は唇をひき緊《し》め、いまにも唾を吐きかけそうな顔で、屹《きっ》と政を睨《にら》みつけたが、ようやく舌打ちをして立ちあがった。

「もう一つ云っておく」と岡っ引は歯と歯のあいだから云った、「こんど平次に会うか、いどころがわかったら知らせるんだ、いいか、きっと知らせるんだぞ」

「わかりました」と政はきまじめに答えた、「そんなことがあったらきっと知らせにあがります、きっとそうしますよ」

岡っ引は出ていった。

このあいだに三人伴れの客がはいって来、一と組が勘定をして出ていった。かれらは高ごえに話しだしたが、政のほうは見なかったし、いまの出来ごとには触れないように、つとめて話題を避《さ》けているのが感じられた。

「いやなやつ」と小女の一人が政のほうへ来て云った、「親分づらをしていばりくさってさ、あたしあいつ大嫌いだわ、気にすることなんかないわよ政さん」

「なんでもねえさ」と政はうす笑いをもらした、「あのしょうばいは嫌われるからな、ときどきいばりたくなるんだろう、へえへえしていりゃあごきげんなんだから、あめえもんさ」

「これ飲みなさいよ」小女は岡っ引の前に置いた燗徳利を取って、政のほうへ差出した、「おかみさんにうるさいから持ってゆけって云われたのよ、いつもならあたりまえなような顔で飲むくせに、今夜は珍しく手をつけなかったわ、お酌しましょう」

「いま何刻《なんどき》ごろだろう」政は酌を受けながら訊いた、「五つ（午後八時）になるかな」

「いま天福寺で五つが鳴ったばかりよ」と云って小女は媚《こ》びるような眼をした、「これ、あったかいのと取替えて来ようか」

　政はそっと小女の手に触った、「おめえもそういうことに気がつくようになったんだな、縹緻もぐっとあがったし、気がもめるぜ」

「うそよう」小女は政の手を叩いた、「政さんはすぐ、それだもの、あたしみたいな田舎者は本気にしちゃうわよ」

「初《はつ》ちゃん」と向うから小女の一人が呼んだ、「こちらでお呼びよ」

「やいてるのよ」と肩をすくめ、初と呼ばれたその小女は、政からはなれながら囁いた、「あったかいのを持って来るわね」

　政は頷いて盃を口へもっていった。

「彼岸に鯊《はぜ》を釣るみてえだ」と彼は独《ひと》りごとを云った、「向うからくいついて来るんだから世話あねえや、あの文次に逃げられてどうしようかと思ったが、これでこの勘定もしんぺえなしか、いい辻占《つじうら》だぜ」

四

櫛形《くしがた》の月が空にかかっていた。天福寺の本堂が影絵のように見え、風はないが海が近いので、空気に汐《しお》の香がかなりつよく匂っていた。寺の裏にあるその空地は秋草がまばらに茂ってい、虫の鳴く音がやかましいほど高く聞えた。——空地のほぼ中央に、さしわたし二尺あまりのあすなろうの樹があり、その脇に、小舟をあげたのが伏せてあった。舟は古く、すっかり乾《かわ》いていて、底板が一枚剥がれ、その穴から草の穂が伸びていた。

空地へはいって来た政は、片手に持った風呂敷包を、その小舟の底の端へ置き、片手で底板を押してみた。すると、その板はひとたまりもなく、脆《もろ》い音をたてて裂けた。

「そういうことか」と彼は舌打ちをした、「もう勤めあげたってわけだな」

政は月を見あげ、あくびをして、うしろ頸にとまった蚊を叩いた。

「いよいよとなると、ちっとばかりこころぼそくなるな」と政は独りごとを云った、「——生れてっから芝をはなれたことがねえんだからな、木更津か、……天気の日には芝浜からぼんやり見える、海の向うといってもほんの一と跨《また》ぎだそうだが、——そこでくらすとなるとこいつ、やっぱりちっとこころぼそいような気持になるな」

政のまわりで、虫の音が急にやみ、あすなろうの樹のうしろから、誰か出て来た。

「ええ」と政はとびのいた、「ええ吃驚した、おどかすな、誰だ」

出て来た男は「しっ」と手を振り、藍色《あいいろ》に染めた頰《ほお》かぶりをとった。あまり明るくない月の光で、それが文次だということがわかった。

「お、あにい」政は仰天《ぎょうてん》したように一歩さがった、「おめえどうして、こんなところへ」

「大きな声を出すなよ」と文次が云った、「おめえさっき、ここで徳銀の娘と逢《あ》うって云ったじゃあねえか」

「そりゃあ云うことは云ったが」

「疑わしけりゃあ来てみろとも云ったぜ、まあおちつけよ、まだ暇はたっぷりあるぜ」

文次は伏せてある小舟の端の、風呂敷包をどけて、そこへ浅く腰を掛けた。

「そいつはがらっといくぜ、あにい」

「ここんとこは大丈夫さ、そっちは脆くなってるがね、おめえも掛けねえか」

「だってあにいは」と云いながら、政は文次の脇へ蹈《かが》んだ、「いまあにいは、こんなところでぐずぐずしていちゃ危ねえんじゃあねえか」

「気にするな」と文次は云った、「あんな駆けだしの岡っ引に捉まるようなどじじゃあねえや、それとも、おれがここにいちゃあまずいか」

「そんなこたあねえ、まずいなんてこたあねえが」政はちょっと口ごもった、「――じつを云うと、あの岡っ引にだめを押されたんだ」
「あいつが、戻っていったのか」
政は頷いた、「正直に云うが、あにいのことはすっかり聞いた、おっ」と政は片手をあげ、その手先を振りながらいそいで云った、「おりゃあ知らねえ、おれの知ったこっちゃあねえ、おらあただ聞いただけなんだから」
「そう慌《あわ》てるなよ」と文次が遮った、「それより野郎はどうだめ押しをしたんだ」
「あにいに会うか、いどころがわかったらきっと知らせろ、さもねえときゃあかかりあいにしてひっ括るってよ」
文次は低く笑った、「いいじゃあねえか、おらあ現にこうやってここにいるんだ、すぐ知らせにいったらどうだ」
「冗談じゃあねえ、ばかにしなさんな」政は脛《すね》を叩き、そこをぼりぼり掻きながら立ちあがった、「いくらおれがなんだって、あにいをさすほど腐っちゃあいねえつもりだ」
「三日酒の義理か、あんげえ堅《かて》えところがあるんだな、そいつあ知らなかったぜ」と云ってから急に頭を振った、「いや、そうじゃあねえ、危なく感じ入るところだったが、おめえがさしにいかねえわけはほかにある、おい政、ごまかすな」
「かたなしだな」と政は太息《といき》をついた、「あっちじゃあしらばっくれるなと云われ、こっちじゃあこっちでごまかすなか、ぜんてえどんな弱いしりがあって、おれがあにいをごまかすんだ」
「徳銀の娘よ、名はおひろと云ったけな」
「おむらだよ」と政が云った、「おむらがどうして」
「おめえたちは今夜ここでおちあって、船でいっしょに木更津へ逃げるんだろう」と云って文次は頬の蚊を叩いた、「――とすりゃあ、岡っ引のところへ駆込むわけにゃあいかねえ、いけば木更津ゆきがおじゃんになるからな、どうだ、図星だろう」
「そうか」と政は考えてみてから云った、「そいつは気がつかなかった、なるほど、そういうことになるか」
「そりゃあまあいいや」文次は持っている手拭で、うるさそうに蚊を払い、「そいつあいいとして、相談があるんだ」とゆっくり云った、「こりゃあほんの相談なんだが、おめえ聞いてくれるか」
「木更津へいっしょにゆくって話か」
「おれとおめえと、二人でだ」文次はさりげなく立ちあがり、ぶらぶら往《い》ったり来たりしながら続けた、「おれもよごれた人間だが、おめえもずいぶん罪なことをやって来た、女に金を持ち出させ、さんざんなぐさんだうえ売りとばす、おむらという娘も同じように料《りょう》ってしまえば、また次の娘にかかるだろう、いつまでもそんな罪を重ねていればろくなことはありゃあしねえ、そういう女たちの怨《うら》みだけでも、畳の上で死ねやしねえぜ」

「その話はさっきも聞いたよ」と政はむっとした口ぶりで云い返した、「断わってくがね、あにい、おらあ生れつき強情っぱりで、人の意見なんぞ聞いたこともねえし、意見なんぞされればよけえ強情が張りたくなるんだ、どうかおれのこたあ放っといてくんな」

「——だろうな、だろうと思うよ」と文次はまたゆっくりと云った、「やることは違っても、おれたちの性分にゃあ似たところがある、たぶんそんなこったろうと思ったが、相談するだけは相談してみたかったんだ」

「ほかのことならともかく、そいつだけあ勘弁してくれ、それだけあできねえ相談だ、もうその話はやめにしてもらうぜ」

「わかったよ、そう云うものをどうしようがある」文次はふところへ手を入れながら、さりげない足どりで政のほうへと近よった、「おめえの気持がわかればいいんだ、もう話すこたあねえさ」

　文次の手が颯《さつ》と政の胸へはしった。

「なんだ」と政が吃驚した、「いきなり人を小突いたりして」

　片手で胸を押えながら、そこまで云うと政は「う」と息を詰らせた。文次の右手がもういちど政の軀へとび、政は「うう」と呻きながら、前へよろめいた。がくんと、片方の膝《ひざ》が曲って地面へつき、立ち直ろうとしたが、前のめりに倒れて、両足をちぢめた。

「なんの恨《うら》みだ」と政がくいしばった歯のあいだから云った、「おれがなにをした」

「堪忍しろ、政、こうしなけりゃあならなかったんだ」

「わけを聞かしてくれ」

「生涯に一度、いいことがしたかった」文次は蹲んで、持っている匕首《あいくち》の刃を、草の葉へこすりつけた、「これまでの罪を償《つぐな》うたあ云わねえ、こんなことで罪がなせるたあ思わねえが、もうおれも運が尽きた、こんどはどうあがいてもだめだろう、どうせなくなる命なら、生涯に一度、人だすけがしたくなった」

「これが」と政はきれぎれに云った、「どうして人だすけだ」

「あの娘をたすけてやりたかったんだ」

「聞えねえ」

「それにおめえだって、罪を重ねて生きているより、このへんでおさらばをするほうが安楽だ」と文次は云った、「おれもおめえも、しょせんいちど死ななけりゃあ真人間にゃあなれねえ、おたげえにさんざ勝手なことをして来たんだ、いっしょにこの世をおさらばとしよう、なあ政、わかるだろう」

「聞えねえ」と政は身もだえをした、「おれにゃあ、よく聞えねえよ」

「おめえ一人はやりゃあしねえ」文次は政の側へいって蹈み、相手の耳へ口をよせて云った、「――政、おれもあとからすぐにいくぜ」

政の両手が文次の腹へとんだ。文次が膝を突くと、もう一度、政の手がひらめき、同時に、文次もまた政の胸を刺した。政は喉をごろごろ鳴らし、仰向きになったが、すぐに上半身だけ横になり、匕首を持った両手が、静かに草の上をすべって伸びた。

――そのとき寺で、四つ（午後十時）の鐘を打ち始めた。鐘楼《しょうろう》は本堂の向うにあるのだが、鐘の音はかなり高く、空地ぜんたいをふるわせるように聞えた。文次は手拭をまるめてふところへ入れ、傷口の血を止めると、着物の上から押えながら、静かに立ちあがった。

「こいつが、こんなことを」と彼は呟いた、「こんなことをしようとは、思わなかった、うまく嵌《は》められた、しゃれた野郎だ」

　そのとき寺の脇から、提灯《ちょうちん》の光が一つ、半分は袖《そで》で隠されて、こっちへ近よって来た。文次は頭を振り、眼をそばめて、それが提灯の火であり、その光に照《て》らされて見えるのが、娘の顔だということを知ると、あっといって右手を前へ出した。

「いけねえ、おひろ」と彼は叫んだ、「こっちへ来ちゃあいけねえ、そのままうちへ帰るんだ」

　娘はいちど立停《たちどま》ったが、すぐ足早にこっちへ来た。

「あんた、だれ」と娘が訊いた、「政さんじゃないわね」

「ここへ来ちゃあいけねえ、早く帰るんだ」

「あの人はどうしたんです、政さんは」娘はせきこんで訊いた、「あんた政さんと会ったんでしょ、どうしてあの人は来ないの、なにか間違いでもあったんですか」

「おまえさんは騙されてる」と文次は顔をそむけながら云った、苦痛のため言葉が切れ、あとを続けるまえに、彼は深い呼吸をした、「――あいつはおまえさんを騙して、百両という金を持ち出させ、いっしょに木更津へ逃げようと云った」

「これはあたしのお金なのよ、お嫁にゆくときに持ってゆくことになっていた、あたしのお金なのよ」

「ああ」文次は首を振った、「あいつは、おまえさんを女房にはしない、その金のあるあいだは遊んでいて、金がなくなればおまえさんの身を売っちまうんだ」

「あんたは誰なんですか」

「誰でもねえ、そんなことはどっちでも、おまえさんはうちへ帰るんだ」文次は歯ぎしりをして空をふり仰ぎ、そのままで云った、「あんな人間の屑《くず》みてえなやつにかかわっちゃあいけねえ、あいつのことは諦めて、早くここから」

「あ、――」娘は提灯をかかげて文次を見、口をあけて、それから、するどく叫んだ、「あんた兄さんじゃないの」

「違う」文次は顔をそむけながら首を振った、「おらあそんな者じゃあねえ」

「いまあんたはおひろって呼んだわ」と娘は云った、「どうしてその名を知ってるのよ、あたしは軀が弱かったので、十四の年におむらと名を変えたのよ、あんたは兄さんだわ、あたしが十二の春に家出をした文次兄さんよ、そうでしょ」

文次はよろめき、片手であすなろうの幹《みき》につかまって、危うく身を支《ささ》えた。

「ちがう、おらあそんな者じゃあねえ」

「顔を見せて、顔をよく見せてちょうだい」

娘は提灯をもっと近よせた。そしてとつぜん、片手で鼻を掩《おお》うと「血だわ」とふるえ声で云って脇へとびのき、なにかに躓《つまず》いて転びそうになった。抱えていた小さな包が落ち、提灯もとり落しそうになったが、そのとき初めて、そこに横たわっている死《し》躰《たい》をみつけた。

「触るな」と文次が云った、「触ると身のけがれだ、着物もよごれるぞ」

娘は死躰を見おろしていた。口の中で「政さん」と云ったが、舌がつって殆んど言葉にはならなかった。全身が誰かの手で揺すぶられるようにおののき、膝ががくがくした。娘は口をあいて喘《あえ》ぎながら、そっと片手を伸ばし、死躰の顔へあてがっていたが、やがて、なにかを切り裂くように、喉をしぼって悲鳴をあげ、うしろさがりに、死躰からはなれた。

「死んでいる、あの人は死んでいる」娘はふるえながら、振返って文次を見た、「――あんたが殺したのね」

「そいつは悪党なんだ」

「どうしてなの、どうしてあの人を殺したの」

「おれもいっしょにいくんだ」文次は胸を押えた手に力を入れた、「おれもあいつも、この世ではまともに生きることのできねえ人間なんだ」

「あたしこの人が好きだったのよ」

「おめえは知らねえんだ」

「知ってるわ、みんな知ってるわ」と娘は乾いた声ではっきりと云った、「この人がどんないけないことをしたか、世間でこの人をなんて云ってるか、あたしちゃんと知ってたわ、でもあたしはこの人が好きだった、あたしならこの人をまともな人間にしてあげられると思ったし、そうでなくっても、この人のためならどんなに苦労してもいい、どんな悲しいおもいをしてもいいと思ってたのよ、それを兄さんは殺しちゃったのね」

「ちがう」と文次は首を振った、「おらあおめえの兄なんかじゃあねえ」

「あんたは昔からひどい人だった」と娘は構わずに続けた、「小さいときから手に負《お》えないことばかりして、うちじゅうの者がいつも肩身のせまいおもいをしていたわ、そればかりじゃない、あんたはあたしのお小遣《こづかい》をぬすんだり、あたしを虐めて泣かしたり、あたしの大事にしている人形を幾つも壊したりしたじゃないの、忘れやしないでしょ」

そこで娘は泣きだしたが、言葉はもっと冷たさときびしさを増した。

「あたしこの人が好きだった」と娘は叫ぶように云った、「生れて初めて好きになった人なのよ、二十六になるまで男の人なんか見るのもいやだったのに、この人だけは、生れて初めて恋しいと思ったのよ、——それを兄さんは殺してしまった。昔あたしの大事にした人形を壊したように、兄さんはこの人まで殺してしまったのね、あんまりじゃないの」

「人ちげえだ、おらあおめえの兄なんかじゃあねえ」

「そうよ、兄さんなんかであるもんですか」と娘は云った、「あんたはただの悪党、ただの人殺しだわ、誰よりもむごい、血も涙もない人殺しよ」

文次はあすなろうからはなれ、力のぬけた足を庇《かば》うように、よろめきながら、ゆっくりと歩きだした。

「どなたか来て下さい」と娘はつんざくように絶叫した、「ひとごろし、——誰か来て下さい、人殺しですよう」

「おらあ兄きじゃあねえ」と歩きながら、文次はうわごとのように呟いた、「そんな者じゃあねえ、人ちげえだ」

傷は痛まなくなったようだ。けれども出血は止らないとみえ、歩いてゆく足跡が、一歩ずつ血に染まった。

「木更津だったな」と彼はまた呟いた、「船賃も払ってあるって云ったっけ、——待ってくれ、政、いっしょにゆこうぜ」

娘はまだ叫んでい、やがて、文次の去ったほうから、幾つかの提灯の火が、こちらへ駆けつけて来るのが見えた。

五

空は白みかけていた。波の音もしない芝浜は、いちめんに濃い乳色の霧に包まれ、ときどき波のよせる音が聞えるほかは、海も、汀《なぎさ》も見わけがつかなかった。夜釣から帰った漁師が五人、船をあげ終ると、一人が砂浜の上になにかみつけ、伴れの四人を呼んだ。かれらは集まっていってなにかを取囲み、一人が高い声で、べつの船の漁師を呼んだ。霧が濃いので、かれらの動きは影絵のようにしか見えないが、やがてその人数はしだいに多くなり、なにか云いあう昂奮《こうふん》した声が聞えた。そのうちに、中年の漁師が二人、こっちへいそぎ足にやって来た。

「やくざの喧嘩《けんか》だな」と一人が云った、「どっかこの近所でやって、ここまで逃げて来て死んだんだろう」

「おい気をつけろ」と伴れが地面を指さして云った、「そこはよごれてるぞ、そら、こっちもだ、踏まねえようにしろよ」

初めの漁師は脇へよけ、注意ぶかく歩きながら云った、「番所で面倒なことがなけりゃあいいがな」

二人は霧の中を歩み去った。

夫婦の朝

一

霜月のよく晴れた日であった。

お由美《ゆみ》は婢《はした》のよねを伴《つ》れて浅草寺《せんそうじ》に詣《もう》でたが、小春日和《こはるびより》の、如何《いか》にも快い陽射《ひざ》しに誘われて、ついに大川端《おおかわばた》の方へ足が向き、それから橋場《はしば》の先まで歩いたので、帰りにはさすがに少し疲れ、茶屋町《ちゃやまち》まで来てふと通りがかりの掛け茶屋へ休みに入った。

舌を焦《こ》がすような渋茶を啜《すす》りながら、お由美は摘《つ》んで来た野菊の枝を揃えた。もう葉は霜枯れているのに、鮮《あざ》やかな紫の三五輪の花は、そのまま深い秋の色をとどめている。

――御物川《おものがわ》の岸にも咲いていた。

ふと故郷の山河が眼《め》にうかんで来た。

「きれいな色でございますこと」

よねも眼を細めながら云《い》った。

「秋らしくて、いい花ね。いちばん好きよ、秋田《あきた》へ行くと一面にこれが咲いているの、御物川という大きな川の堤なのよ……子供のじぶん親しいお友達と二人さりで、誰にも教えない約束をして、大事にしていた場所があったわ」

「あちらはずっと北国でございますか」

「そう、今じぶんはもう雪だわ」

お由美は遠くを見るように眼を上げた。

雪国で育った肌は絖《ぬめ》のように白くひき緊《しま》って、眉《まゆ》つき眼許《めもと》の淋《さび》しいなかに、飽くまで朱《あか》い湿った唇《くちびる》だけが、身内にひそんでいる情熱を結んでみせたかのように嬌《なま》めかしい、……江戸の下町で生立ったよねなどからみると、それは妖《あや》しいほどの美しさであった。

「あの……もし」

そう呼ばれてお由美が振返ると茶《ちゃ》汲み女の一人が側《そば》へ来て、

「ちょっとこれを」

云いながら小さな紙片を差出した。

なんの気もなく受取ってみると、二つ折にした中になにか書いてある、披《ひら》いたお由美の眼へいきなり「新五郎《しんごろう》」という署名がとびこんで来た。

お話があります、供《とも》の者をお帰しなさい、不承知なら其処《そこ》へ名乗って出ます。

その短い文字はお由美の全身の血を凍らせた。息の止るようなとはこの事であろう。お由美は懸命に驚愕《きょうがく》を抑えながら、素早くその紙片を丸め、

「分りました、これで」

と銭入《ぜにいれ》から夢中で、幾らとも知れず取出して女の手へ渡し、

「よね、参りましょう」

そういって立上った。

震える足を踏みしめながら二三十間《けん》行くと、尖《とが》ったお由美の神経は直《す》ぐに、後から跟《つ》けて来る人の跫音《あしおと》を感じた。

……不承知なら其処へ名乗って出ます、そういう声を、すでに忘れて久しい男の蒼《あお》白《じろ》い、眼の鋭い顔が歴々《ありあり》と思い出される。

「……ああ、よね」

お由美はふと立止った。

「おまえの家はたしか、この近くではなかったかえ」

ます」

「はい、瓦町《かわらまち》と申しまして此処《ここ》から」

「宜《い》いからね、おまえは家へ寄っておいで、私は出たついでにこれからお友達を訪ねます」

口早に云って銭入を取出し、

「これで家へなにか買って行っておやり」

「……まあ、奥様」

「日暮れまえに帰って来れば宜いからね」

そう云い捨てると、よねが口を挿《はさ》む隙《すき》もなく、もう足早に歩きだしていた。いや、よねが怪しみはせぬかという心配より、男が理不尽なことをしたらと思う方が怖ろしかったのだ。……振向きもせず、東本願寺《ひがしほんがんじ》の方へ曲って暫《しばら》く行くと、後ろの跫音がすたすたと追いついて来て、

「そこを左へお曲りなさい」

と囁《ささや》いた。

「左側に桔梗《ききよう》という料理茶屋があります、そこへお入りなさい」

もう糸に操られる木偶《でく》のようだった。

後ろから囁く嗄《しやが》れた声の命ずるままに、料理茶屋の横庭口から入ると、出て来た女

が心得顔に導くあとから上へあがり、長い廊下《ろうか》の端にある小さな部屋へと入って行った。

——帰らなくてはいけない、こんな場所にいてはいけない。

紊《みだ》れた胸いっぱいに、まるで誰か人がいて喚《わめ》くような声を感じながら身動きもならず立竦《たちすく》んでいると、……後ろから浪人態《てい》の男が一人、刀を右手にぬっと入って来た。

お由美は愕《ぎょっ》としながら振返った。

男は不健康な、蒼白い疲れた顔に、眼ばかり大きくぎらぎら光らせている。太い眉の片方をあげ、唇を左へ歪《ゆが》めたのしかかるような表情で、

「しばらくでしたな、お由美どの」

そう云いながら後手に襖《ふすま》を閉めた。

二

焜炉《こんろ》の上では貝鍋《かいなべ》が煮えていた。

秋田の国許《くにもと》から、季節になると名物の鱩魚《はたはた》を雪詰めにして届けて来る、それが家臣たちにも少しずつ贈《たま》わるので、故郷の山菜と共に塩汁で煮るのが冬になっての楽しみ

のひとつだった。

お由美はそっと良人《おっと》の横顔を見た。

三右衛門《さんえもん》は黙々と箸《はし》を動かしている、……ふだんから口数の寡《すくな》い方で、濃い一文字眉と、髭《ひげ》の剃跡の青い角張った顎《あご》は、ちょっと近付き難いほどの威力を持っているが、なにげなく振返る時の表情や、ぽつりぽつり語る言葉の韻《ひびき》には、思い懸けないほど温《あたた》かな底の深いものを感じさせる。……加納《かのう》三右衛門という名は佐竹《さたけ》家でも名誉の家柄で、食禄《しょくろく》こそ五百石《こく》足らずであるが年寄の格式をもっていた。

「……どうしたのだ」

ふと三右衛門が眼をあげた。

「溜息《ためいき》など吐いて、気分でも悪いのか」

「はあ、……いいえ別に」

「顔色も悪いぞ」

お由美はぐっと喉《のど》の詰る気がした。……そして思い切ったように、

「実は、お願いがございまして」

「……なんだ」

「あのう……金子《きんす》を少し頂きたいのでございますが」

三右衛門は不審《いぶか》るように妻を見た。お由美は震えて来る声を懸命に抑《おさ》えながら、

「実は弟の半之助《はんのすけ》が江戸へ来て居りまして」

「半之助が来た……？」

お由美の弟に半之助というのがいる、まだ前髪の頃から悪童の群れと近づき、絶えず悶着《もんちゃく》の種となって親を困らせていたが、遂《つい》に身持がおさまらぬため十九歳のとき勘当されて了《しま》った。……三右衛門は彼の少年時代を知っているし、勘当されて以来その行衛《ゆくえ》が知れぬので毎《いつ》も案じていたのである。

「それはよかった。いま何処《どこ》にいる」

「今日浅草寺の戻りに会いまして、色々と事情を聞いたのでございますが、ひどく苦労した様子で……すっかり躰《からだ》を悪くして居りますの」

「それはいけないな、江戸へ来たなら訪ねて参ればよいのに。……とにかく明日にでも拙者が行って伴《つ》れて来よう、何処にいるのだ」

「それが……あの」

握り合わせたお由美の指はじっくりと汗ばんでいた。

「半之助が申しますには、今の姿を御覧に入れることはどうしても出来ませぬ、これから上方《かみがた》へ行って修業を仕直し、立派な武士になったうえ、改めてお眼にかかりたい

と申しますの」

「うん。……然《しか》し躰を悪くしていては直ぐに旅立つという訳にも参るまいが」

「わたくし、弟の心任せにしてやりたいと存じますが、お聴届《ききとど》け下さいませんでしょうか、十金ほど遣わしまして、必ず立派な者になるよう申し訓《さと》してやりとう存じますが」

嫁《か》して来て足掛け三年、苦労を知らぬ明るい気質で、眉を顰《しか》めることなど度もなかったお由美である、それが今宵はすっかり取乱し、唇の色もなく、黝《くろ》い大きな眸子《ひとみ》までが哀願の顫《ふる》えを帯びていた。

「いいとも」

三右衛門は無造作に頷《うなず》いた。

「半之助だってもう二十一歳になる、自分でそう云うほどなら本当に眼が覚めたのだろう、では拙者は知らぬ積りにしているから、おまえ熟《よ》く云い聞かせて今度こそ武士らしく立直るように云ってやるがいい」

「有難う存じます」

お由美の眼にふっと泪《なみだ》が溢《あふ》れた。

「御迷惑を掛けまして、本当に申訳ございません」

「なんだ、可笑《おかし》いぞ泣いたりして」

三右衛門は微笑しながら箸を措《お》いた。

「おまえの弟なら拙者にも弟だ、改まって礼を云うなんて他人行儀だぞ、このくらいのことで半之助が武士に成れれば仕合せではないか、……然し、今夜は鱩魚《はたはた》が来たり半之助の信《たより》があったり、ふしぎと故郷に縁のある日だったな」

お由美はそっと泪を拭《ふ》きながら、

——嬉《うれ》しゅうございます。

と心の裡《うち》に呟《つぶや》いていた。

その明くる日、勤めから退出して来た三右衛門は、妻が珍しく薄化粧をし、自分の好きな着物を着てけざやかに微笑しながら出迎えたのを見て、ほうと眼を瞠《みは》った。

お由美の眼は活々《いきいき》と艶《つや》を取戻していた。

「行って来たか」

「はい、行って渡して参りました」

良人の脱ぎ捨てた衣服を畳みながら、お由美はすっかり元気になった声で、

「よく申し聞かせましたら、もう二度と御迷惑は掛けませぬ、必ず立派な人間になってお伺い致しますと、泣きながら申して居りました」

「よかった、よかった」

三

「半之助が真人間になれば故郷でも心配の種が無くなるというものだ。それとなく義父上《ちちうえ》にお知らせ申すがいいな」

「はい……」

お由美はどきっ、とした様子だったが、

「でもまだ、なんだか知らせるには早いように存じますけれど」

「直ぐでなくともいいさ」

三右衛門は妻の様子に気付かなかった。

「そのうち次手《ついで》があるだろうから、ともかくも行衛の知れたことだけは知らせるがいい、そうすれば義父上も一応御安心なさる」

「……はい」

「拙者から書いてあげてもいいぞ」

「いいえ、わたくしそう申して遣《や》ります」

「ああ腹が空《す》いた」

三右衛門は締めた帯を叩《たた》きながら、

「さあ食事にするかな」

と居間へ入って行った。

三右衛門はお由美と五つ違いの二十八であった。父が勘定奉行《かんじょうぶぎょう》だった関係で二十歳の時に江戸詰の留守役を命ぜられ、今では筆頭の席に就《つ》いている。……まえにも記《しる》した通り寡黙《かもく》の質で、別に世故に長《た》けたところがある訳でもないが、駈引《かけひき》の要《い》る留守役という職を実に手際よく取仕切るので、内外の評も極めて好《よ》く、家中《かちゅう》の衆評は未来の勘定奉行と決っていた。

お由美は嫁いで来てから暫くのあいだは、黙って冗談も云わない良人が如何にも近付き悪《にく》く、咳払《せきばら》いを聞いてもはっと胸を躍らせるほどであったが、いつか次第に気心が知れて来て、

——こんないいお方だったのか。

とようやく気付いたときには、いつか自分が良人の静かな愛情にしっかりと包まれているのを知って、身の顫えるような歓《よろこ》びを感じたのであった。

——由美は仕合せ者よ。

既に三年になるこの頃でも、折に触れては心からそう呟くほど、お由美の生活は幸福に溢れていたのである。

「半之助はもう出立したかな」

明くる夜も三右衛門はそう云《い》った。

「若い時分に道楽をするくらいの者は、いちど眼が覚めると吃驚《びっくり》するほど変るものだ。……きっと半之助もよくなって帰るぞ」

「そうあってくれると宜《よろ》しゅうございますが」

「早くいい信《たより》が見たいな」

そんなことを話し合ってから、五日ほど経《た》った或朝《あるあさ》だった。

お由美が出仕する良人の支度を手伝っていると、家士の彦右衛門《ひこえもん》が一通の書面を持って入って来た。

「申し上げます。唯今《ただいま》、見知らぬ使《つかい》の者がこの書面を持参致しまして、奥様へお眼に掛けて下さるようと申しまするが」

「私に……」

お由美はさっと顔色を変えた。

受取って見ると表には姉上様とあり、裏には半之助と認《したた》めてあった。分りましたと

家士に答えてそのままふところへ入れようとすると、

「……半之助からだな」

と三右衛門が見咎《みとが》めて云った。

「披《ひら》いて読んで御覧」

「はい、でも後でわたくしが……」

「読んで御覧」

静かではあるが拒むことを許さない声音《こわね》だった。……お由美は震える手で封をひらいた。


なんとも申訳ありません、頂いた金子で直ぐに上方へ出立する積りだったのですが、滞っている借銭などを払っている内に足りなくなりふと魔がさして博奕場《ばくちば》へ入って了いました。旅費だけ拵《こしら》える積りだったのが逆に五十両負け、退引《のっぴき》ならぬ場合に立到《たちいた》っています。明朝十時《四ツ》までにこの金が出来ぬと縄目の恥辱《ちじょく》を受けなければなりません。姉上……真《まこと》に申訳のないことですが……

「矢張りいけなかったか」

みなまで聞かず三右衛門は立った。

それっきりで後はなにも云わず、大剣を差して出る良人を、お由美は玄関へ送って出たが、そのまま暫くのあいだ其処《そこ》に茫然《ぼうぜん》と居竦《いすく》んでいた。

「……やっぱり、いけなかった」

良人の言葉がふと唇に出た。

お由美は自分の呟きにはっと気付いて、きらきらと光る眼を大きく瞠《みひら》きながら、玄関の庇越《ひさしご》しに空を見上げたが、

——そうだ、このひまに。

と頷いて立上った。

着替えをするのももどかし気に、急に入用の買物があるからと云い残して家を出ると、七軒町《しちけんちょう》の辻《つじ》で駕《かご》を拾いそのまま田原町《たわらまち》の料理茶屋「桔梗」へと急がせた。

四

お由美が入って行ったとき、その部屋では風態の悪い三人の男が酒を呑《の》んでいた。いつぞやの新五郎と名乗る浪人者の他は、二人とも破落戸《ごろつき》と見える男で、お由美が

入って来たのを見ると、卑《いや》しい愛相《あいそ》笑いをしながら、なにやら執持《とりもち》でもするという風に、襖を明けて何処かへ立去った。

お由美は蒼白く、ひきつったような硬い表情で、立ったまま先刻《せんこく》の書面を取出し、

「これ、お返し申します」

と投げ出した。

「まあお坐《すわ》りなさい」

新五郎は嗄《しやが》れた静かな声で云った、「立っていたって仕様がない、火の側へ寄って先《ま》ず手でも煖《あたた》めたらいいでしょう」

「これで結構です、……沼部《ぬまべ》さま」

お由美は怒りを抑えながら、

「貴方《あなた》は先日お約束なすったことをお忘れではございますまいね、わたくし良人のある躰でございますのよ、……貴方がお躰を悪くしてその日の生活にも困ると仰有《おつしや》ったので、わたくし出来ないことを無理にして差上げたのです。それなのにまたこんな、……こんな無法なことを云って寄来すなんて、貴方はお由美をどう思っていらっしゃるのですか」

「もっと静かに話したらどうです、そんなに一途《いちず》に怒られても仕様がない、それでは

相談が出来ませんよ」

　新五郎は唇を左へ歪《ゆが》めながら、まるでお由美の怒りを楽しんででもいるように見上げた。

「相談などする必要はございません、先日お金を都合して差上げたことがわたくしの落度でございました。これで失礼いたします」

「お待ちなさい」

　新五郎は少しも騒がずに云った。

「お帰りになるなら止めようと云わないが、明朝までに五十両、待っていますよ」

「そんなこと、……お断わり申します」

「無情なことを云うものじゃない、今こそこんなに落魄《おちぶ》れているが、貴女《あなた》にとってはこれでも一度は良人と呼ばれた躰ですよ」

「なにを仰有います」

「なにをって、……嘘だとでも云うんですか」

　唇を歪め、片方の眉《まゆ》を吊上《つりあ》げながら、相変らず氷《こおり》のように冷たく静かな口調だった。

「貴女が十五で拙者が十九の春、秋田の八橋《やばせ》の丘で行末を語り合ったあのときのことを、貴女はまさか忘れはしないでしょう」

「沼部さま」

お由美はさっと色を変えた。

「貴方はあんな、子供時代の戯《たわむ》れを」

「子供の戯れだと云うんですか。なるほど、そうかも知れないな、末は夫婦《めおと》と誓いながら平気で加納へ嫁入ったくらいだから、貴女は一時の戯れかも知れない、然し拙者はそうは思っていませんよ」

「わたくし末は夫婦などとお誓いした覚えはございません、それは貴方のお間違いです」

「誓いの有無は水掛け論だ、此処《ここ》で幾ら論じたところで埒《らち》の明くことではない、然し一応お断わりして置きますが、拙者はただ昔の思い出だけで物を云っているのではありませんよ。……こういう品を肌身離さず持っているんだから」

新五郎はふところから、ひと束の古い封書を取出して其処へ置いた。

「…………」

「どんな文字が書いてあるかは、貴女がよく御存じだろう」

「…………」

「お由美どの」

新五郎は初めてにやりと冷笑した。

「拙者は困っている、五十両の金が是非とも入用なのだ。昔の恋人がこんなに困窮しているのだから、五十や百の都合はして下さるのが人情じゃありませんか」

「…………」

「貴女がどうしても出来ないと仰有《おつしや》るなら、この手紙を持って加納を訪ねるだけです。……加納は筆頭留守役、妻の昔の恋文なら五十両が八十両でも買ってくれるでしょう」

お由美は慄然《りつぜん》と身を震わした。相手の態度の落着いた、何処までも静かにじわじわと詰寄って来る調子は、まるで眼に見えぬ縄で十重二十重《とえはたえ》にお由美を縛り上げるようなものであった。

「分りました」お由美は辛うじて答えた。

「明朝十時《四ツ》までに参ります」

「五十両ですよ」

相手の声も夢心地に聞いて、お由美はよろめくように其処を立出《たちい》でた。

沼部新五郎。彼は秋田藩士で二百石の馬廻《うままわ》りだった、……お由美とは兄の友達として幼い頃から親しく、一時はまるで家族のように往来《ゆきき》したこともある。

兄と弟のあいだに一人の女子として愛されて育ったお由美は、美貌で才気のある新五郎にいつか乙女心のほのかな憧憬《あこがれ》を感じ、別に重大なこととも気付かず、その年頃にありがちな物語でも読むような綺麗《きれい》な気持で、幼い恋心を燃えたたせたこともあった。

五

八橋の丘の青草に埋れながら、御物川の流を見て半日一緒に暮したこともある。……また文を求められて、古今集などから歌を索《ひ》いて書送ったこともあった。

然し、それは何処までも乙女心の夢のような憧憬に過ぎない、いちばん身近な者に対象を置いて、まだ見ぬ恋の手習いをするというほどのものに過ぎなかった。

……むろん、それがはしたないことだったのは事実で、自分でもそれに気付くと直《す》ぐ彼から遠退《とおの》いて了ったのだ。

新五郎は美貌で才子だったが、その二つのものが身に禍《わざわ》いして、間もなく大きな不始末をしたため藩を追放された。

以来まる八年。

浅草寺に詣でた帰りに、見違えるほど変った相手を見たときでも、お由美は殆《ほと》んどそのことは忘れていたのである。そして……病気で食うにも困っているからという相手に心を動かされて、良人から金子を貰って遣ったのだ。

然しそれがいけなかった。

——このお金は弟に遣ると云って持って来たものです、どうかこれで御病気を治して、立派な武士にお成り下さい。

と云った言葉を逆に利用された。

そして昔の文反古《ふみほご》などを持出して、更に五十両という大金を強請《ねだ》りだしたのである。もし厭《いや》なら良人の許へ行くという、恐らく本当に訪ねて来るだろう。……そうしたら、良人はどう思うだろう、幼い戯れとして笑殺してくれるだろうか、否《いな》、否、否！

——良人に知らせてはならない。

お由美は胸のなかで絶叫した。

今ほど強く、烈《はげ》しく良人を愛したことがあったろうか、お由美は空想のなかで良人を抱緊《だきし》め、祈り叫ぶように稚《わか》きあやまちの赦《ゆる》しを願った。

……然しそうする後から新五郎の冷やかな眼が見えて来る、五十両はさて措《お》き十両の金も自分には得られない。

——もう一度良人に頼もうか。

そうすれば良人は自分で会うと云うに違いない。そして半之助でないことが知れたら更に結果は悪いだろう。

蹌踉《そうろう》と家に帰ったお由美は、まるで憑《つ》かれた者のように、閉籠《とじこも》った居間の中で徒《いたず》らにおろおろと刻《とき》を過していた。……良人が帰宅した時も、よねに知らされて慌《あわ》てて出迎えたほどであった。

「どうした、ひどく顔色が悪いぞ」

三右衛門は着替えをしながら、

「加減が悪いなら休まなくてはいけないな、おまえが来てからこの家は俄《にわ》かに明るくなった、だからおまえが浮かぬと直ぐ家中の者が陰気になる、……以前はそんなことに気付かなかったが、ふしぎなくらい覿面《てきめん》だ」

「……御気分を損じまして、申訳ございませぬ」

「謝るやつがあるか、おまえのことを心配しているんだ」

三右衛門は笑って、

「風呂がよかったら入りたいな、それから、今夜は久しぶりに酒を飲ませて貰《もら》う」

「はい、……なにか支度《したく》を」

「いや有る物でいい、夕食のあとでちょっと外出して来るから」

「お出掛けでございますか」

「うん、碁仲間が集まって会をやるのだ、これから御用繁多になるから今の間に打ちだめをして置こうという訳さ」

なんの屈託《くったく》もない明るい調子だった。

三右衛門が明るいほど、お由美の自責は烈しかった。……良人の健康な顎が、逞《たくま》しく食事をする動きにさえ、胸を刺されるような苦しさが感じられる。

——五十両の金。

——なにをするか知れない新五郎。

——良人の恥辱。

そんな言葉が断《き》れ断《ぎ》れに、紊《みだ》れた頭のなかで火花を散らしながら旋回する。

「先に寝ていていいぞ」

そう云って三右衛門が出て行くと、お由美の追詰められた感情はもうぬきさしならぬ絶望の壁へ突当っていた。心が狭いとひと口に云う、云うのは男、男から見るとそうかも知れない、然し女は男ほど生活のひろがりを持っていない、艱難《かんなん》に順応することは出来ても、これを打開する力を恵まれていない、退引《のっぴき》ならぬ穽《あな》に追込まれた女性が多く選ぶ方法は、だから大抵は一つところに帰着する。

――もうどうしようもない。

お由美は決心した。

今宵ひと夜を名残りに、明日は行ってこの身の貞潔を証《あか》し、良人の汚名になるものを除《のぞ》いて了おう。

用箪笥《ようだんす》の中から懐剣を取出して来たお由美は、行燈《あんどん》の火に刃《やいば》を照しながら、いつまでも凝乎《じっ》と瞠《みつ》めていた。

六

「彦右衛門、此処だ」

「は、……行って参りました」

伝法院《でんぽういん》の土塀に添って片側は田圃《たんぼ》、空はいちめんの星で、肌を刺すような北風が吹きつけて来る。……三右衛門は覆面をしていた。

「疑われはしなかったか」

「いえ、夜の方が人眼につかぬから、茶屋町の辻《つじ》でお待ちになっていると申しましたら、三人とも直ぐ此方《こちら》へ来る様子でございます」

「御苦労だった」三右衛門は微笑しながら、「ではもういいからその方は帰って居れ、今宵のことは他言を禁ずるぞ」

「仰《おお》せまでもございませんが、私も此処に」

「いや、いけない」

固く首を振って遮った、「その方がいたところで邪魔になる許《ばか》りだ、それより帰ったら奥の様子に気をつけてくれ」

「奥様になにか……」

「別に仔細《しさい》はないが頼む、……早く行け」

彦右衛門は心残るさまだったが、やがて下谷《したや》の方へと小走りに立去った。

三右衛門は大剣の鯉口《こいぐち》を切った。

ずっと見通しの田圃から、吹渡って来る風は強くはないが、その冷たさに指が凍《こご》えて来るのを、ふところで温《あたた》めながら暫く待っていると……やがて田原町の方から提灯《ちょうちん》がひとつ、三人の人影が近づいて来た。

二三間《けん》やり過しておいて、

「ああ其処《そこ》へ行く方々、……此処でござる」と呼びながら出た。

三人は愕《ぎょっ》として振返った。殊《こと》に新五郎はお由美が待っているものと信じて来たので、咄嗟《とっさ》に刀の柄へ手をかけながら、

「誰だ、誰だ」と暗がりを透《す》かすように居合腰になった。

「なにをそんなに驚かれる、貴公の望み通り五十金を持参したのだ、貴公の方でもむろん、約束の品はお忘れあるまいな」

「お由美どのの手紙か」

新五郎は手紙の束を出して、「此方《こっち》はちゃんと持って来ている、……だが貴公は誰だ、お由美どのに頼まれて来たのか、それとも」

「いや誰にも頼まれぬ、今朝あの人の心配そうな姿を見て後を跟《つ》け、『桔梗』で隣りの部屋から仔細を聞いたのだ、……余計なことかも知れないが買って出る、その手紙を五十両で売ってくれぬか」

「よかろう、商売は拙速を貴しとする、先《ま》ず金を拝ませて貰おうか」

三右衛門はふところから金包を取出して渡した。……新五郎は用心深く、伴《つ》れの提灯で封を切って検《あらた》めたが、

「慥《たし》かに五十両、忝《かたじ》けない」

とふところへ捻込《ねじこ》んで振返り、

「では慥かに受取ったと、お由美どのにそう伝えてくれ、頼むぜ三右衛門」

「そうか」

三右衛門は苦笑して、「矢張り拙者と知っていたのだな、遉《さすが》に才子沼部新五郎、いまの駈引《かけひき》はみごとなものだ、その才を旨《うま》く使ったら立派な者に成れたろうが」

「ふん、そんな御託は家へ帰ってからにしろ、此方《こっち》は酔醒《よいざ》めが来そうだ、行くぜ」

「待て待て、約束の品をどうする」

「おや、おめえ本当にこの手紙を取返せる積りでやって来たのか。冗談じゃあねえ、これせえあれあ金の蔓《つる》、まだまだ当分のあいだは役に立つ品だ。これっぱかりの端金《はしたがね》でおいそれと渡せるものか、面《つら》を洗って出直して来い」

言葉も態度もがらりと破落戸《ごろつき》の性根を出した。……三右衛門は然し静かに笑って、

「そうか、では仕方がない」

と羽折《はおり》の紐《ひも》を解《と》きさま、

「沼部、貴公の性根は見届けた、生かしておけばいずれ故主の名を汚《けが》すだろう、成敗するぞ」

「やるか！」

と叫んで身を退《ひ》こうとした。

然しそれより疾《はや》く、三右衛門が踏込んだと見ると、提灯の光を截《き》って大剣が伸び、新五郎は右へ躰を捻《ひね》りながら、まるで躓《つまず》きでもしたように、がくんと其処へ膝《ひざ》を突いた。

見ていた二人はあっと、悲鳴のような叫びをあげて逃げようとする。

「待て待て、逃げるな」

三右衛門は烈しく呼止めた。

「貴様たちまで斬《き》ろうとは云わぬ、早く医者を呼んで手当をしてやるがよい、片足は無くなろうが命には別状ない筈だ」

「……へえ」

「暫く何処かへ隠れていて、傷が治ったら江戸を立退け、拙者はこれから五十金盗難に遭《あ》ったと届出る、まごまごしていると縄にかかるぞ」

「へえ、……か、か」

畏《かしこま》りましたと云う積りであろう。……三右衛門は手紙の束を抜取ると一応検めてから大剣に拭《ぬぐ》いをかけて鞘に納め、

「沼部、身にしみろよ」

と云い残して大股《おおまた》に立去った。

七

お由美は仏壇に燈明《とうみょう》をあげていた。

寒気の厳しい朝で、指にかけた水晶の数珠《じゅず》が骨へしみるほど冷たい、……肌も潔《きよ》め、髪も梳《す》き、肌着も白い物を着けている。

——これで再び帰らないのだ。

そう思っても、既に覚悟が出来ているせいか案外心は平らかだった。暫く祈念して燈明をしめし、もういちど自分の居間へ帰って不始末なところはないかと検めてみた。夜のうちに片付け物は済ませてあるので、もう遺書の上書きさえすれば出られる。

——これで大丈夫。

と立上ったとき、庭の方から、

「由美、由美」

と良人の呼ぶ声がした。

「ちょっと来て手伝ってくれ」

「……は、はい」

お由美は心を鎮《しず》めながら、慎ましく縁側へ出て行った。

昨夜の寒気を語るように、外はいちめん雪のような霜である、良人の三右衛門は庭の霜柱を踏みながら、枯枝を折って小さな焚火《たきび》をしているところだった。

「……なんぞ御用でございますか」

「うん、其処に、その」

と三右衛門は顎をあげて、「古い手紙があるだろう、そいつを焼いて了《しま》おうと思うんだ、おまえ小さく裂いて渡してくれ」

「……はい」

お由美は云われるままに縁側の端に置いてある手紙の束を取上げたが、その表を見、裏を返すなり、危うくあっ、と叫びそうになった。

——どうしてこれが。

どうしてこれがと眼も眩《くら》みそうに愕《おどろ》いた。

そのために死のうとまで覚悟した自分の手紙、稚《おさな》き日のあやまちの手紙、どうしてこれが良人の手にあるのか、どうして新五郎の手から此処へ来たのか。

「さあ、どんどん裂いてくれ」

三右衛門は勢いよく燃えはじめた焔《ほのお》を見ながら促した。

「考えることはない、早く裂いて此方《こっち》へ寄来さないか、……焼いて了えば灰になる、それですっかり毟《けり》が着くのだ」

「……あなた」

「いいんだ、分っているよ」

三右衛門はなんども頷いた。

お由美は夢中で手紙を引裂いた。その一通ずつが、自分の命を取返す救いの神のように思われた。……三右衛門は裂かれた文反古《ふみほご》を、次々と火にくべた。

薄青い煙の尾は、研《と》いだような青空へゆらゆらと立昇った。

――良人は知っていた。

――良人は新五郎の始末をしてくれた。

――自分は赦《ゆる》された。

お由美は感動に胸を塞《ふさ》がれながら、袂《たもと》で顔を蔽《おお》いつつ噎《むせ》びあげた。……三右衛門は振返って静かな声で云った。

「お由美、……おまえは三右衛門の妻だ、おまえは三右衛門をもっと信じなくてはいけないぞ、歓《よろこ》びも悲しみも、互いに分け合うのが夫婦というものだ、こんな……詰らぬことで、二人のあいだにもし不吉なことでも出来たらどうする」

「…………」

「三右衛門は舟だ、おまえは乗手だ、確《しっか》りと拙者に捉《つかま》っているがよい、拙者はおまえの良人だぞ」

お由美は泪《なみだ》の溢《あふ》れる眼をあげて良人を見た、三右衛門は微笑をしていた。

……そして、さも快さそうに胸を張りながら空を見上げて云った。

「さあ泪を拭《ふ》いて庭へおいで、よく晴れている、お城の天守が霜で銀のように光っているぞ」

かあちゃん

一

「ほんとだぜ、ちゃんと聞えるんだから、十四日と晦日《みそか》の晩には、毎月きまって、銭《ぜに》勘定《かんじょう》をするんだから、まったくだぜ」

「おめえそれを聞いてるのか」

「聞くめえと思ったたって、壁ひとえだから、聞えてくるんだからしょうがねえ」

「今日は晦日だぜ」と軽子《かるこ》らしい若者が云った、「すると今夜もやるわけか」

「やらなくってよ」と初めの若者が云った、「毎月きまってるんだから、もう二年ごしってもの、欠かしたことがねえんだから」

二間《けん》に五間ほどの、細長い土間に、飯台が三つずつ二た側に並び、奥のほうの二た側に五人、酒を飲んでいる客がある。土間のつき当りが板場《いたば》で、片方に三尺の出入口があり、その脇《わき》の腰掛に小女《こおんな》が三人、(眠そうな、腫《は》れぼったい顔で)腰掛けていて、客から注文があると、いかにもくたびれはてたという動作で、代る代る、酒や肴《さかな》をはこぶのであった。

食事を主とする店だろう。時刻は夜の十時《四ツ》ちかく、もうたてこむしおどきは過ぎて、この付近の飲む客だけが残っている、というようすであった。

奥の五人からはなれて、入口に近い飯台の一つに、二十二三になる若者が一人、つきだしの塩辛を舐《な》めながら、気ぶっせいな手つきで、陰気に飲んでいた。……これは馴染《なじみ》ではなく、通りがかりにはいったふりの客らしい。洗いざらしためくら縞《しま》の長半纏《ながばんてん》に、よれよれの三尺をしめ、すり減った麻裏草履《あさうらぞうり》をはいている。月代《さかやき》も髭《ひげ》もぶしょうったらしく伸びたままだし、眼がくぼみ、頬《ほお》のこけた顔には、無気力な、「どうでもいいや」とでもいいたげな、投げやりな色がうかんでいた。

二人で飲んでいる軽子ふうの、若者たちの隣りの飯台に三人、中年者が二人と、痩せているのに頭の禿《は》げた老人がいて、こっちの若者の話に割りこんだ。

「伝公《でんこう》はまたかあちゃんの話だな」と頭の禿げた老人がいった、「またなにかあったのか」

「例の銭勘定の話よ」

「よせよせ」と印半纏《しるし》の男が云った、「ひとの銭勘定を頭痛に病《や》むな、仮におめえが、首を縊《くく》らなくちゃあならねえほどせっぱ詰ったって、一文《いちもん》の融通をしてくれる望みもありゃあしねえ、あの一家の吝嗇《りんしょく》はもうお厨子《ずし》にへえったようなもんだ」

「唐《から》の漢字をひねりゃがったな」ともう一人の若者が云った、「そのお厨子へへえったりんしょくってなあんでえ」

「お勝《かつ》つぁんもまえにはあんなじゃあなかった」と頭の禿げた老人が云った、「涙もろくて気の好《い》い、よく人の面倒をみるかみさんだった、亭主に死なれ、女手で五人の子供をそだてながら、……そりゃ子供たちも遊ばせちゃおかなかったけれども、自分たちが粥《かゆ》を啜《すす》るようななかでも、困ってる者があれば決して見ちゃあいなかった、必ずなにかかにかしてやったもんだ」

「あれでもか、へっ」と印半纏の男が首を振った、「あのごうつくばりがかい、へっ」

「このごろのことじゃねえ、まえの話だ」と老人が云った。

お勝つぁんは口は達者だ、大屋でも町役でもぽんぽんやりこめる。相手が誰であろうと、こうと思ったら負けるもんじゃなかった。けれども気の好いのと、他人のために尽すことでは、この界隈《かいわい》で知らない者はなかった、と老人は云った。へっ、と印半纏の男は肩をすくめ、まえのことを百万遍唱えたって、こんにちの申し訳にはなるまい、と云った。

「あそこじゃあ一家ぜんぶで稼《かせ》いでる」と印半纏の男は続けた、「長男の市太《いちた》は大工、次郎《じろう》は左官、三郎《さぶろう》は、——三郎はこのあいだまでぼて振をしていたっけ、いまはなにをしているか知らねえが」

「魚河岸《うおがし》へいってるぜ」と隣りの飯台の若者が云った、「まだ十七だってえのに、あのあぶってのはたいした野郎だ、魚河岸で才取《さいとり》みてえなことをやってるぜ」

「それから娘のおさんよ」と印半纏の男は続けた、「これがまたかあちゃんと競争で、仕立物でも繕《つくろ》いでも、解《と》きもの張物なんでもやってのける、おまけに末ッ子の七《しち》公《こう》だ、あれはまだ六つか七つだろう、それでさえ道から折れ釘であれ真鍮《しんちゅう》であれ、一文にでもなるとみれば拾って来て、屑屋《くずや》だの古金屋なんぞに売りつける、一家六人そろったあの稼ぎぶりは、まるっきりきちげえ沙汰《ざた》だ」

　それもいい、稼ぐのは結構だ。しかし貧乏人には貧乏人のつきあいがある、貧乏人同志は隣り近所が親類だ。お互いが頼りあい助けあわなければ、貧乏人はやってゆけはしない、そうだろう、と印半纏の男は云った。

「姐《ねえ》や、あとをつけてくんな」と端《はし》にいた中年者が燗徳利《かんどくり》を振り、それから向き直って云った、「太兵衛《たへえ》のときのことか」

「太兵衛のときのこった」と印半纏の男が頷《うなず》いた、「おふくろは長患《ながわずら》い、太兵衛は仕事場で足を挫《くじ》く、小さいのが三人、どうにもしようがねえ、惨憺《さんたん》たるもんだ」

また唐の地口《じぐち》か、と若者の一人が云った。

「そこで長屋じゅうが相談して、ちっとずつ銭を集めることになった」

「おめえが世話人だっけな」と端にいた中年者が云った。

「おれが世話人を押しつけられた、年の暮の、それこそ鐚《びた》一枚も惜《お》しいときだったが、みんな気持よく出してくれた、ところがあのかあちゃん、――お勝つぁんは財布の紐《ひも》をしめた」

小女が酒を持って来た。端にいた中年の男は印半纏の男に酌《しゃく》をした。印半纏の男はそれを飲み、自分の燗徳利を取って、相手に酌をしながら、「お勝つぁんが曰《いわ》く、皆さんは幾らずつですかというんだ」と続けた。幾ら幾らときまってはいない、できるだけ出しあってるんだ。そうですか、ではうちではこれだけ、と云って出してよこしたのが二十文だった。おれはむっとしたから「刷毛屋《はけや》の婆さんだって二十文出してくれた、お宅では一家そろって稼いでいるんだから、もうちっと色をつけてやってもらえまいか」とな、するとかあちゃんは、「そうですか」と云った。それで不足ならよして下さい、「うちが一家そろって稼ぐのは、そうしなければ追っつかないことがあるからするんで、洒落《しゃれ》や道楽でやってるわけじゃないんだから」という挨拶《あいさつ》だ。

「おめえ怒ったっけな」と頭の禿げた老人がくすくす笑った、「けじめをくわされたうえに道理をつっ込まれたんだからな」

「怒れもしねえや」と印半纏の男が云った、「——癪《しゃく》に障《さわ》るから二十文たたっ返してやったら、長屋じゅうが相談して集めてるものをおまえさんの一存で突っ返していいのかい、ってさ、ひでえもんだ、おらあわれとわが身に憐愍《れんびん》をもよおしたぜ」

端にいる中年の男が笑い、頭の禿げた老人が笑った。

「まえにはあんなじゃなかった」と老人が笑いながら云った、「まえには自分たちの口をつめても、他人の面倒をみたもんだ」

「そうかもしれねえ、だがあの稼ぎぶりはきちげえ沙汰だぜ」

「まったくだ」と軽子らしい若者の一人が云った、「どうまちがってあんなに稼ぐかさ、おれが壁越しに聞くだけでも、相当溜《た》めこんでるようなあんばいだぜ」

「いまにこのまわりの一帯の長屋でも買い占めるつもりじゃあねえのか」と印半纏の男が云った、「女があのくらいの年で思いこむと、それこそ吃驚《びっくり》するようなことをやってのけるからな」

ちょうどそのとき、——

かれらからはなれて、独《ひと》りで飲んでいた（見知らぬ）若い客が、小女を呼んで勘定をした。肴はつきだしの塩辛だけ、酒は一本。そしてその払いをすると、あとには文銭が一二枚しか残らなかったのを、小女は見た。若者はふところから手拭《てぬぐい》を出して頬《ほお》冠《かむ》りをし、それから、黙って出ていった。――こちらにいる五人は、その客がいたことにも気がつかなかったし、出ていったことも知らなかった。

二

お勝は銭勘定の手を止めて、前に並んでいる子供たちを眺《なが》めた。

「ちっとのま黙っていられないのかい、さぶ」とお勝は云った、「そう眼の前で饒舌《しゃべ》られたんじゃ勘定ができやしないよ」

「ざまあ、――」と次郎が低い声で云った。

「黙るよ」と三郎が云った、「兄貴が訊《き》くから返辞をしてたんだ、兄貴がつまらねえことを訊くから、……いいよ、黙るよ」

「おれ眠いよ」と七之助《しちのすけ》が云った、「おれのをさきにやってくんなよ、かあちゃん」

「あいよ」とお勝が云った、「七のをさきにしようね、すぐだよ」

お勝は勘定を続けた。

煤《すす》ぼけた四帖半《よじょうはん》に、行燈《あんどん》が一つ。切り貼りをした唐紙の隣りは六帖で、そこではいま十九になる娘のおさんが、四人分の寝床を敷いている。こちらの障子《しょうじ》の次は勝手になっており、なにか物の煮える美味《うま》そうな匂いがながれて来る。――四帖半の壁にそって、古びて歪《ゆが》んだ鼠《ねずみ》不入《いらず》が置かれ、その上の小さな仏壇には、燈明《とうみょう》がつけてあり、線香があがっている。親子六人が一本ずつあげたらしい、六本の線香が、もう三分の一ほどに小さくなって、しかしさかんに煙をあげていた。

「ばあさん」と三郎が六帖にいる姉に向って云った、「勝手をみなくってもいいのか、なにか焦《こ》げてるぜ」

「うどんのおつゆだ」と次郎がむっとした顔で云った、「おつゆが焦げるか」

「へえ、おつゆは焦げねえか」

お勝が「さぶ」と云った。

市太は欠伸《あくび》をした。彼は長男で二十歳になる、軀《からだ》は（大工という職に似あわしく）逞《たくま》しくひき緊《しま》っているが、角ばった肉の厚い顔は、暢《のん》びりとした感じで、紛《まぎ》れもなく総領の甚六《じんろく》であることを示している。次郎は十八だが、兄よりは老《ふ》けてみえた。おもながのきりっとした顔だちで、三郎と双生子《ふたご》かと思われるほどよく似ている。年も一つ違いなのだが、三郎がはしっこくて口達者なのに対し、次郎はむっつり屋で怒りっぽく、いつも「気にいらねえな」とでも云いたげな、ふきげんな渋い顔をしていた。

「寝床ができたわよ」と云いながら、おさんが出て来た、「眠ければ七ちゃんは寝たらどう」

「いやだ」と市太の膝《ひざ》によりかかったまま、七之助は頭を振った、「うどん喰《た》べてから寝るんだ」

彼は末っ子で七歳になる。すぐ上の三郎と十年のひらきがあるが、あいだに三人、源四郎《げんしろう》、五郎吉《ごろうきち》、六次《ろくじ》というのがいて、それぞれ早死をしたのであった。

「おさん」とお勝が云った、「七の分だけうどんを温《あた》ためておやり、もう済むけれど、もたないかもしれないから」

おさんは勝手へいった。

彼女は厄年《やくどし》の十九になる。縹緻《きりょう》は父に似たそうで、（長男の市太と同様に）あまり見ばえはしないが、まるっこい愛嬌《あいきょう》のある眼鼻だちで、口かずの少ない割には、性分が明るく、笑い上戸《じょうご》であった。

お勝の脇には溜塗《ためぬり》の小箱があり、その中から出した紙包が五つ、膝の前にひろげてあった。そこにはおのおの小粒や銭がのっており、包んだ紙には、仮名文字で子供たちの名が書いてあるが「さん」としるした紙には、それに並べて「かあちゃん」と書いてあった。

「さあでたよ」とお勝が云った、「七は今月はよく稼いだね、ほら、これだけあるよ」

「それみんなか」と七之助は起き直った、「みんなそれおらのか」

「そうだよ、みんなだよ」

「幾らだ」と七之助は母親を見た。お勝はその高を云った。七之助は感心したように「ふーん」といい、「ぶっきり（飴《あめ》）なら十万も買えるね」と云った。

「温たまってよ」と勝手でおさんが云った、「持っていきましょうか」

「ああ、持って来ておくれ」とお勝が答えた。

市太がまた欠伸をし、それにつられたように、三郎も大きな欠伸をした。

おさんが（盆にのせて）うどんの親椀《おやわん》を持って来た。うどんは山盛りになっており、いい匂いのする湯気を立てていた。おさんは弟の脇に坐《すわ》り、「熱いから気をつけてね」と云って、盆を弟の胸のところで支えていてやった。七之助は親椀を盆の上に置いたまま、片手で椀のふちを押え、そうしてふうふうと湯気を吹きながら、歯をむきだして喰べた。

市太の腹の中で「ぐう」という音がした。誰も気がつかなかったが、まもなく三郎の腹の中でも「ぐうぐう」という音がし、三郎は舌打ちをして、「よせやい」と呟《つぶや》いた。――喰べ終った七之助は、姉に伴《つ》れられて六帖へゆきながら、「かあちゃん、起こしてね」と云った。お勝は次の勘定をしながら「あいよ」と答えた。

「きっとだよ」と七之助は念を押した、「あんちゃんはおれのこと押出しちゃうんだもの」

「おいおい、本当かい」と市太が云った。

「大丈夫だよ」とお勝が云った、「かあちゃんが寝るときにはきっと抱いて来てあげるよ」

七之助は納得して去った。

その月の分の勘定が終ると、お勝はまた溜塗の箱の中から五つの包を出した。それには一つ一つ金高が書いてあって、お勝はその月の分を暗算でそれに加え、「ふん」と頷いてから、「あたり箱は」と膝の左右を見た。おさんが「あら忘れてたわ」と云って、六帖のほうへ取りに立った。

「どうなった、かあちゃん」と次郎が訊いた。

「だいたい纏《まと》まったらしいね」とお勝が云った、「いまちゃんとやってみるけれど、だいたいこれで纏まったらしいよ」

おさんが硯箱《すずりばこ》を持って来た。

お勝が受取って、半分に割れた蓋《ふた》を取り、ふちの欠けた硯に水差《みずさし》の水を注《つ》ぐと、三郎がひきよせて墨を磨《す》った。墨は一寸くらいの歪んだ三角形に磨り減っており、力をいれて磨ると、砂でも混っているような音がした。

やがてお勝はちび筆を取り、五つの包紙へ金高を書き加えたのち、それをべつの反故紙《ほごがみ》の裏に写し取って、かなりひまどりながら総計を取った。「算盤《そろばん》があるといいんだけれど」とお勝は釵《かんざし》で頭を掻《か》きながら、「どうしても算盤が欲しいね」と口の中で呟いた。

市太が欠伸をした。すると彼の腹の中でまた「ぐう」という音がした。

「さあできた」とお勝が筆を置いた、「これでどうやらまにあいそうだよ」

「幾らになった」と次郎が訊いた。

「初めに決めたのにちょっと足りないだけだよ」とお勝はその総計を告げた、「源《げん》さんはいつ出るんだっけね、あんちゃん」

「来月の十七日だ」と市太が答えた。

「それなら充分まにあうよ」とお勝が云った、「あしかけ三年だったけど、やる気になってやれば案外できるもんだね」

そしてお勝は五つの紙包を見まもった。

市太も、次郎も三郎も、おさんも、いっときしんと、その紙包をみつめた。母親の言葉とその紙包とが、かれらのなかに（共通の）感慨をよび起こしたようである。お勝は深い溜息《ためいき》をつき、「さあ、うどんにしようかね」と云って、それらの包を箱の中へおさめ、立ちあがって、戸《と》納《だな》の下段へしまった。

　母と娘とで、勝手からうどんを運んで来た。うどんは鍋のまま、食器はまちまちで、三郎がまず親椀へ手を出したが、お勝はその手をすばやく叩いて、「がつがつするんじゃないよ」と云った。三郎は「痛《いて》えな」と云い、箸《はし》を取って、その尖《さき》を舐めた。するとまたお勝がその手を叩いた。三郎は「がつがつするな」と母親の口まねをした。

　次郎がさきに喰べ終り、次に三郎、そして市太という順で、喰べ終った者から、順次に六帖へ立ってゆき、やがておさんと母親の二人だけになった。

「珍しいわね」とおさんが箸を置きながら云った、「うどんが残るわよ、かあちゃん」

「明日《あした》の朝おじやにすればいいよ」とお勝が云った、「あと片づけはいいから、終ったんなら寝ておしまい」

　片づけてから寝るわ、とおさんが云った。あたしがするから寝ておしまい、とお勝が云った。朝が早いんだから、そして済まないけれど今夜は七と寝てやっておくれ。だって、とおさんは立ちながら云った。寝てもいいけれどお乳へ吸いつくんだもの。

押えてればいいんだよ、半分眠ってるんだからちょっと押えてればすぐ眠ってしまうよ。あら眠りながらよ、とおさんは自分の茶碗と箸を持って、勝手へゆきながら云った。足をはさむぐらいはいいけど、あたしお乳へ触られるのだけはいやなのよ、乳首を摘《つま》まれたり吸われたりすると、眠っていてもとびあがってしまうわ。じゃあいいよ、とお勝が云った。あとであたしのほうへ伴れてくるから早く寝ておくれ。――そしてお勝は箸を置き、長火鉢《ながひばち》の湯沸しを取って、茶碗に湯を注いだ。

娘が六帖へ去り、あと片づけを（手早く）済ませてから、お勝は行燈の片方に蔽《おお》いを掛けて、火鉢のそばへ坐り、仕立て物をひろげた。

「かあちゃん」と六帖で次郎の声がした、「かあちゃん、寝なくちゃだめだぜ」

「ああ」とお勝が云った、「いま寝るところだよ」

そして針を取りあげた。

三

お勝が幾らも針をはこばないうちに、唐紙をあけて、三郎が顔を出した。だめじゃねえか、と三郎は云った。寝なくっちゃだめだよ、かあちゃん、まいっちまうぜ。あいよ寝るよ、とお勝が云った。ここの区切りをつければいいんだから、おまえこそ起きて来たりしちゃあだめじゃないか。どうしたんだ、と云って次郎も顔を出し、すぐに、もっと唐紙をあけて、おさんも覗《のぞ》いた。次郎は怒ったような声で、「かあちゃん」と云った。うるさいね、とお勝が云い返した。これは山田屋《やまだや》さんから日限を切って頼まれたんだからね、もう少しやっとかなければまにあわないんだから、そんなにうるさくしないで寝ちまっておくれ。だって、と三郎が云いかけると、お勝が「うるさいったらうるさいよ」ときめつけるように云った。

次郎が母親を睨《にら》みつけて去り、三郎もなにかぶつぶつ云いながら引込んだ。おさんは出て来ようとしたが、お勝が怖い顔で見ると、これも六帖へ戻って、唐紙を閉めた。

家の中が静かになり、壁ひとえ隣りから、酔っているらしい男の声で、やや暫《しばら》く、わけのわからない端唄《はうた》をうたうのが聞えて来た。お勝は縫《ぬ》いしろをきゅっとこきながら、「ああ飲んでばかりいて、軀でもこわしたらどうするつもりだろう」と呟いた。

誓願寺《せいがんじ》の九つ（午前零時）が鳴り、やがて九つ半が鳴った。路次《ろじ》を出ると竪川《たてかわ》の河岸《かし》通りで、三《み》つ目橋《めばし》のほうから夜泣き蕎麦《そば》の声が聞えて来たが、それが聞えなくなると、お勝が居眠りを始めた。――生れつき健康そうな軀つきで、肩幅もがっちりしているし、いったいに肥《こ》えてはいるが、四十三歳という年よりは老けてみえるし、居眠りをしている顔には、深い疲労の色が（隠しようもなく）あらわれていた。

お勝は頭をがくりとさせて眼をさました。縫いかけの物を膝に置き、両手でそっと眼を押えて、長い溜息をついた。そのとき、勝手口のほうでごとっという音が聞えた。お勝は長火鉢の火をみて、炭をつぎ足した。するとまた、勝手口で物音がし、路次のどぶ板のぎっときしむのが聞えた。

――お勝はじっとそれを聞いていたが、やがてそっと立ちあがり、足音を忍《しの》ばせて障子のところまでいった。行燈は暗くしてあるけれども、影のうつらないように、壁へ軀をよせていると、まもなく雨戸のあく音がし、続いて、勝手のあげ蓋のきしむのが聞えた。

お勝は息をころしていた。

障子の向うで「はっ、はっ」と喘《あえ》ぐような荒い呼吸が聞えた。そこまで来て、ためらっているらしい。だがまもなく、障子がすっと五分ばかりあき、少しして二寸、さらに五寸というふうに、ひどくおずおずとあいてゆき、やがて一人の男が、用心ぶかく抜き足ではいって来た。

洗いざらした、めくら縞の長半纏の裾《すそ》を端折《はしょ》り、手拭で頬冠りをしていた。お勝は男がふるえているのを認めた。足ががくがくしているし、歯と歯の触れあう音まで聞えた。

「静かにしておくれ」とお勝が囁《ささや》いた。

男は「ううう」といって、とびあがりそうになった。

「大きな伜《せがれ》が三人いるんだから静かにしておくれ」とお勝が云った、「眼《め》をさますといけないからね、わかったかい」

「静かにしろ」と男はひどく吃《ども》った、「騒ぐとためにならねえぞ」

「あたしは静かにするよ、騒ぎゃあしないから坐っておくれ」

「金を出せ」と男がふるえ声で云った。

「ああいいよ」とお勝が云った、「いま戸を閉めて来るから待っておくれ」

そしてお勝が勝手へゆこうとすると、男が仰天《ぎようてん》したようすで、うしろからお勝の肩をつかんだ。お勝はその手を叩《たた》いた。すると、六帖のほうで「痛《いて》え」と云う寝言が聞えた。二人は軀を固くし、息をのんで、ようすをうかがった。寝言は三郎の声らしかったが、六帖はもうしんとして、市太の鼾《いびき》が聞えるばかりだった。

「そらごらんな」とお勝が男に云った、「みんなが眼をさましたらどうするの、戸を閉めて来るあいだぐらい待てないのかい」

男はうしろへさがった。

お勝は雨戸を閉め、障子を閉めて戻り、長火鉢の脇へ坐った。男は立ったまま「金を出せ」と云った。金のあることを知って来たんだ、早くしろ。お金はあるよ、とお勝が云った、少しぐらいならあげるから、ともかくそこへ坐りなね。ふざけるな、と男が云った。舐めやがると承知しねえぞ。お金はあげるって云ってるじゃないか、取って食やあしないからお坐りよ。――男はためらい、それからしぶしぶ坐ったが、膝はまだ見えるほどふるえていた。お勝は気がついて、ああそうだ、おまえさんおなかがすいてるんだろうと云った。残りものだけれどうどんがあるから温めてあげようね。よしてくれ、ごまかそうたってそうはいかねえぞ、と男が云った。ごまかすかどうか見ていればわかるよ、お勝はそういって立ち、勝手から鍋を持って来た。そして長火鉢の湯沸しをどけて、その鍋をかけた。

「早くしろ」と男が云った、「そんなもの食いたかあねえ、早く金を出せ」

「ひとこと聞くけれど、まだ若いのにどうしてこんなことをするんだい」

「食えねえからよ」と男は云った、「仕事をしようったって仕事もねえ、親きょうだいも親類も、頼りにする者もありゃあしねえ、食うことができねえからやるんだ」

「なんて世の中だろう、ほんとになんていう世の中だろうね」とお勝は太息《といき》をついた、「お上には学問もできるし頭のいい偉い人がたくさんいるんだろうに、去年の御改革から、こっち、大商人のほかはどこもかしこも不景気になるばかりで、このままいったら貧乏人はみんな飢死をするよりしようがないようなありさまじゃないか」

「そんなことを聞きたかあねえ、出せといったら早く金を出したらどうだ」

わかったよ、とお勝は云って、坐ったまま向き直り、戸納をあけて、溜塗《ためぬり》の箱を出した。男は伸びあがってお勝の手もとを見た。お勝は幾らかの銭を反故紙に包んで、箱を片づけようとした。すると男が「箱ごとよこせ」と云って立ちあがった。

「そんなはした銭が欲しくってへえったんじゃあねえ、その箱ぐるみこっちへよこせ」

お勝は男を屹《きっ》と見た。

男はうわずった声で、「よこさねえか」と云った。お勝は箱を取って膝の上に置き、それを両手で押えながら「そうかい」と云った。あたしは三人の伜を呼び起こすこともできたんだよ、でもそうはしなかったし、いまだってそうしようとは思わない、またおまえさんがどうしても欲しいというんなら、これをそっくりあげてもいいよ、けれどもそのまえに、これがどんな金かってことを話すから聞いておくれ、とお勝は云った。

男は黙っていた。

「話といったって手間はかからない」とお勝は続けた、「うちの市太という長男は大工だけれど、仕事さきの友達で源さんという人がいたんだよ」

いまから三年まえ、源さんが金に困ってつい悪いことをした。嫁をもらって一年半、子供が生れかかっていた。それだけではない、ほかに運の悪いことが重なっていたが、どうしても入用な二両ばかりの金に、せっぱ詰って、仕事場の帳場の金箱から、二両とちょっと盗んでしまった。——だが、それはすぐ露顕《ろけん》したうえ、源さんは牢《ろう》へ入れられた。棟梁《とうりよう》という人が因業《いんごう》で、どうしてももらい下げようとしなかった。刑期は二年と六カ月、という重いものであった。

「あたしは伜からその話を聞いた」とお勝は云った、「あそこから出て来ても、源さんはもう元の職にはかえれない、あそこの飯を食ったということは、御府内にはすぐ弘《ひろ》まってしまう、同業の世界は狭いものだから、——と伜が云ったよ」

お勝は二た晩考えた。

そして子供たちを集めて云った。源さんという人はあたし知らない、あんちゃんのほかは誰も知らないが、きっとみんな気の毒だと思ったことだろう。それで相談するんだが、元の職にかえれないというから、牢を出て来たとき困らないように、源さんの仕事を拵《こしら》えといてやりたい。それも熟練を要することはだめだし、日銭のはいるしようばいがいい。あたしは「おでん燗酒《かんざけ》」の店がいいと思うが、みんなはどうか。いいけれども元手をどうする、と次郎が云った。あたしたちみんなで稼ぐのさ、六人がそろって稼げば、二年六カ月のあいだにはそのくらいの元手は溜まると思う。へっ、と七之助が云った。おらもか、——彼はまだ四つだった、そこでお勝が云った。

——七はこのあいだ迷子の犬を拾って来て、おらの飯を半分やるから飼ってくれ、って云ったじゃあないか、七が飯を半分にする気になれば、それが七の稼ぎになるんだよ、犬じゃあない、人を助けるためにそういう気持にはなれないかい。

なれるさ、と七之助は云った。おら飯を半分にするよ。それで相談はまとまった。四歳の末っ子の発言が、うまくみんなの気持をまとめたようである。それから一家で稼いだ、食う物、着る物、小遣、そして長屋のつきあいまで詰めた。去年の春からは、七之助までが拾い屋のようなことを始めた。——近所の評判はしぜん悪くなる、「けちんぼ一家」と噂《うわさ》をされ、路次の出入りにも、子供たちなどが「やあいけちんぼ」などと悪口を云う。だがみんなよくがまんして、なにを云われても相手にならず、辛抱づよく稼ぎに稼いだ。

「こうして二年五カ月経《た》った」とお勝は云った、「——竪川の向う河岸で、緑 町《みどりちょう》三丁目に空店《あきだな》があった、あたしたちはその家に手金を打ったし、しょうばいに必要な道具も、金さえ出せば、すぐまにあうようにしてある、そして、来月十七日には源さんが出て来るんだよ」

お勝はこう云って男の顔を見た。

四

「これはそういうお金なんだ」

とお勝は云った。

おまえさんがはいって来たとき、あたしは源さんのことを思いだした。根っからの泥棒ならべつだけれど、このひどい不景気でひょっと魔がさしたのかもしれない。もしそうだったら話してみよう、そう思ったから騒ぎもせずに入れたのだ、とお勝は云った。

「あたしの云うことはこれだけだよ」

男は黙っていた。

「これがそのお金だよ」とお勝は溜塗の箱を膝からおろし、男のほうへ押しやりながら云った、「いまの話を聞いても、それでも持ってゆくというなら持っておいで」

そして長火鉢のほうへ向き直り、かけてある鍋の蓋を取って、中のうどんを（焦げないように）掻きまわした。

男が「あ」といってお勝のほうへ来た。

お勝は声を出そうとした。男は鼠不入《ねずみいらず》にのしかかって、ふっふっとなにかを吹いた。

「燈明がね」と男はかすれた声で云った、「――燈心の先が落ちて、燃えだしたから」

「ああそうだ、有難う、消すのを忘れていたよ」とお勝が云った、「いまうどんをよそうから坐っとくれ」

男は「なにいいんだ」と云い、うなだれたまま、勝手のほうへゆこうとした。どうするの、とお勝が立ちながら訊いた。男は「帰るんだよ」と云った。

「帰るって、帰るうちがあるのかい」

男は不決断に立停《たちどま》った。

「帰る処《ところ》があるのかい」とお勝が云った、「帰るあてもないのに、ただここを出ていってどうするつもりさ」

男は黙っていた。

お勝は男を静かに押しやり、「いいから坐ってうどんをお喰べな、それから相談をしようじゃないの」と云った。こんなことも他生《たしよう》の縁のうちだろうからね、お坐りよ。そう云いながら勝手へいった。そして親椀と箸を持って来ると、男は頰冠りを取り、その手拭を鷲《わし》づかみにして、固くなって坐っていた。

お勝はうどんをよそってやった。男は固くなったまま喰べた。お勝は男の喰べるのを眺めていたが、ふと前掛で眼を拭《ふ》き、「なんていう世の中だろう、――」と呟いた。それから、その前掛で顔を掩《おお》って、嗚咽《おえつ》した。

男の眼からも涙がこぼれ落ちた。喰べていた手を膝におろし、深く頭を垂《た》れて、そしてくっくと喉《のど》を詰らせた。

「今夜っからうちにいておくれ」とお勝は嗚咽しながら云った、「うちも狭いし、人数も多いけれど、まだ一人ぐらい割込めるし、飢死をしないくらいの喰べ物はあるよ、……仕事だって、三人の伜に捜させれば、なにかみつからないもんでもないからね」

「おばさん、――」と男は云った。

「あたしが頼むよ」とお勝が云った、「なんにも云わないで今夜からうちにいておくれ、お願いだよ」

男は持った物を下に置き、腕で顔を押えながら、声をころして泣きだした。

その夜、お勝が娘の寝床へはいってゆくと、おさんが眼をさまして「どうしたの」と訊いた。お勝は娘の耳へ口をよせて、笠間《かさま》から親類の者が来たのだ、と囁《ささや》いた。遠い親類だけれどね、「朝になったらひきあわせるよ」と云った。おさんはすぐに眠った。


明くる朝、——

お勝は彼を子供たちにひきあわせた。笠間の在に遠い親類がある。これまであまり縁がないから話さなかったけれど、そのうちの三男で名を勇吉《ゆうきち》といい、十七の年に江戸へ来て、錺屋《かざりや》に勤めていた。それが御改革からこっち仕事が少なくなり、いちど田舎《いなか》へ帰ったが、田舎でもいいことはないので、うちを頼って出て来た。あたしは世話をしてあげたいが、みんなの気持はどうだろう、とお勝は訊いた。

「そんなこと断わるまでもねえさ」と次郎がぶすっと云った、「そうだろう、兄貴」

市太は頷《うなず》いて、男に云った。

「おらあ市太っていうんだ、よろしく頼むよ」

「よろしく頼むぜ勇さん」と三郎が云った、「みんなおれのことをさぶだのあぶだのって呼んでるが、本当の名は三郎ってんだ。尤《もっと》もそう呼びたければさぶでもあぶでもいいぜ」

三郎がむっとした顔で自分の名を告げると、七之助が「おらは七だ」と云い、それから姉を指さした。

「そしてね、この姉ちゃんはね」

「七ちゃん」とおさんがにらんだ。

「ばあさんてんだ」と三郎が云った、「ほんとだぜ勇さん、昔っからばあさんていうんだ。そう呼ばねえと機嫌《きげん》が悪いくらいだぜ」

「さぶ、――」とお勝がにらんだ、「お調子に乗ってみっともないじゃないか、まだ話があるんだから静かにしておくれ」

「ざまあ、――」と次郎が口の中で云った。

お勝は勇吉の仕事のことを話した。

当人はなんでもすると云うし、こんなに不景気では職選びもできまい。どんな仕事でもいいから三人で捜してみておくれ、とお勝が云った。すると次郎が市太を見て「兄貴の帳場でおいまわしが要るって云ってやしなかったか」と云った。うんそうだ、そうだっけな、と市太が頷いた。ほんとかえ、とお勝が云った。そんならすぐに訊いてみておくれな。うん訊いてみよう、今日すぐに訊いてみるとしよう、市太が答えた。

「みなさん、済みません」と男が頭を下げて、初めて云った、「どうかよろしくお願いします」

「よしてくれ勇さん」と三郎が云った、「おれたちはこのとおりがらっぱちなんだ、そんなよそゆきの口をきかれると擽《くすぐ》ったくていけねえ、頼むからてめえおれでやってくれよ」

「ふん」と次郎が云った、「さぶのやつが、初めてまともなことを云やあがった」

なにを、と三郎が振向くと、「さあ飯だよ」と云って、お勝が立ちあがった。

食事を済ませて男たちが（七之助も）出てゆき、おさんが仕立て物を届けにいったあと、お勝は男に銭を渡して「湯へいっといで」と云い、湯屋のあるところを教えた。男はおとなしくでかけようとして、「おばさん」とお勝を見た。

「さっきの、――笠間の親類ってのは、ほんとのことなのかい」

「そんなこと気にしなくってもいいよ」とお勝が云った、「おまえさんが笠間だっていうからそう云っただけさ、うちの子たちはあたしを信用してるからね、そんなこと決して気にするんじゃないよ」

そして、「さあ早くいっといで」とせき立てた。男は頷いて、出ていった。

市太の帳場にくちがあって翌日から男はでかけることになった。おいまわしというのは普請場《ふしんば》の雑役で、骨の折れるわりに賃金はひどく安いが男はよろこんで働くと云った。

「——なにもかもうちの者と同じにするからね」とお勝が云った、「お客さま扱いはしないから、不足なことがあってもがまんしておくれよ」

お勝はそう念を押した。

困ったのは寝床の按配《あんばい》であったが、お勝とおさんが四帖半で共寝をし、七之助は市太と寝ることにきまった。そして新しい家族を一人加えた、新しい生活が始まった。——といっても、それは六人全部のことではない、「新しい生活」これまでと違う生活ということを実感しているのは、母親と娘と末っ子の三人であった。

母と娘は一人よけいに気を使わなければならないからで、特に朝食と弁当は娘の分担になっていたから、弁当のおかずには（おさんは）かなり苦心するようであった。

末っ子はすぐ男に馴染んだ。男はあまり口かずの多いほうではないが、子供が好きな性分のようだし、話がうまかった。その話も一般のお伽《とぎ》ばなしではなく、自分で即興に作るらしい、ごく身近な出来事のなかで、子供の好みそうな筋《すじ》を纏めて話すのだが、ときにはお勝やおさん、市太や次郎などでさえ、その話に聞き惚《ほ》れることがあった。

或《あ》る日、――みんながでかけて、母親と二人っきりで縫い物をしていたとき、おさんがふと母の顔を見て云った。

「ゆうべの勇さんの話、あんまり可哀《かわい》そうで、あたし涙が出てしようがなかったわ」

「あの子は哀れな話ばかりするよ」とお勝は云った、「もっと面白《おもしろ》いたねがありそうなもんじゃないか、あたしはああいう哀れっぽい話は嫌いだよ」

「あたしは好きだわ」とおさんは云った、「身につまされて、しいんと胸が熱くなってくるの、勇さんてきっと心持のやさしい人ね、そうじゃなければあんなにしんみりした話しかたなんかできないと思うわ」

「おまえ幾つだっけ」とお勝は娘を見た。

おさんは「あらいやだ」と云って、ちょっと赤くなり、羞《はじ》らいの表情をみせた、

「いやだわかあちゃん、十九じゃないの」

「十九ねえ」とお勝は糸を緊《し》めた、「悲しい話が好きだなんていう年頃だね、あたしなんぞは辛《つら》い苦しいおもいを、自分で飽き飽きするほど味わって来たんだから、せめて話だけでも楽しい面白いものが聞いていたいよ」

「あたしねえ」とおさんが云った。母親の言葉は耳にいらず、自分のおもいだけ追っ

ているらしい。「あたしねえかあちゃん」と針を髪で撫《な》でながら云った、「勇さんの話、みんな自分のことじゃないかって思うの」

お勝は「どうしてさ」と訊いた。

「そんな気がするのよ」とおさんは云った、「そんな気がしたときあたし、自分でもびっくりしたんだけれど、もしそうじゃなければ、あんなふうに話すことはできないと思うわ」

「手がお留守だよ」とお勝が云った、「おまえこのごろすっかりお饒舌《しゃべ》りになったね、話をするなら手を休めずにおしなね」

娘は（こんどこそ）赤くなり、「あら、あたし手を休めやしないわよ」と云った。

――この子はお饒舌りになって、このごろすぐに顔を赤くする、とお勝は思った。これまでこんなことはなかったのにね、おかしな子だよ。

五

お勝の気づいたことを、同じように三郎が気づいた。彼はよく姉の顔を見てにやにや笑いをし「えへん」などとそら咳《ぜき》をしたりする。市太はもちろん感づかないし、次郎とくるとその弟のそぶりのほうが眼につくらしい。三郎を横眼で睨んだり、さも「へんな野郎だ」とでも云いたげにぐっと顔をしかめたりした。

男がいついてから六七日めの或る夜、——もう十二時《九ツ》ちかい時刻に、男がそっと四帖半へ出て来た。

みんなもう寝てしまって、お勝ひとりがそこで繕い物をしていた。お勝は不審そうに男を見た。男は脇に寝ているおさんを見た。娘は寝床の中であちら向きになり、かすかに寝息をたてて眠っていた。

「どうしたの」とお勝が囁き声で訊いた。

男は坐って「おばさん」と云った。

「どうしたのさ、寝衣《ねまき》なんかで風邪《かぜ》をひくじゃないの」とお勝が云った、「なにかあったのかい」

「云いにくいんだけど」と男が云った、「約束だから云うんだけれどね、おばさん、……おれのこと、みんなと同じようにしてくれないか」

「おや、同じようにしないことでもあるのかい」

「弁当のことなんだけれど」

「勇さん」とお勝が云った。お勝は針を休めて男を見た、「あたしは初めに断わった筈《はず》だよ、不足なこともあるだろうがこんな貧乏世帯だから」

「ちがうんだちがうんだ」と男は首を振って遮《さえぎ》った、「そうじゃないんだ、おばさん、おれは不足を云うんじゃあないんだ、おれだけ弁当が特別になってる、飯も多いしおかずも多い、仕事場で市ちゃんと喰べるからわかるんだけれど、おれの弁当はいつも市ちゃんより飯も多いしおかずも多いんだ」と男は云った、「おばさんは、――客扱いはしない、みんなと同じにするからって、云ってくれた、そういう約束だと思ってたけれど、弁当をあけるたびに、やっぱりおらあ他人なんだな、っていう気がして」

「ああ悪かった、堪忍《かんにん》しておくれ」とお勝が云った、「断わっとけばよかったけど、それは客扱いでもなく他人行儀でもない、勇さんが痩《や》せていて元気がないからって、おさんが心配してやってることなんだよ」

男はぎょっとしたようにお勝を見た。まるで自分の眼で自分の幽霊を見でもしたような、驚きと戸惑《とまど》いの眼つきであった。

「あたしは話を聞いたから、勇さんがどんなに苦労したか知ってるよ」とお勝は続けた、「痩せもするだろうし元気のないのもあたりまえだ、けれどもまだ二十四という若ざかりだからね、もう少し太るまで、勇さんの食を多くしたらって、おさんが云うもんだから、断わらずにやって悪かったけれど」

「おばさん」と云って男は頭を垂れた。

「もうちっと肉が付いたら同じようにするからね、それまでのことだから辛抱しておくれ」とお勝が云った、「――そうでなくっても、他人の飯には棘《とげ》があるって、よく世間で云うくらいだからね」

「よくわかった、おばさん、済まねえ」と男は腕で眼を掩《おお》った、「おらあ、……こんなおもいをしたのは、初めてだ」

「泣くのはごめんだよ」

「初めてだ、おらあ、……生みの親にもこんなにされたこたあなかった」

「なんだって」とお勝は眼をあげた、「生みの親がどうしたって、勇さん、それだけはあたしゃ聞き捨てがならないよ」

「だっておばさん」

「だってもくそもないよ、あたしは親を悪く云う人間は大嫌いだ」とお勝は云った、「金持のことは知らないよ、金持なら子供にどんなことでもしてやれるだろう、貧乏人にはそんなまねはできやしない、喰べたい物も喰べさせてやれないし着たい物も着せられない、遊びざかりの子を子守《こもり》に出したり、骨もかたまらない子に蜆売《しじみう》りをさせたり、寺子屋へやる代りに走り使いにおいまわしたりするだろう、けれども親はやっぱり親だよ、――」とお勝は眼をうるませて云った、「貧乏人だって親の気持に変りはありゃしない、もしできるなら、どんなことだってしてやりたい、できるなら、……身の皮を剝《は》いでも子になにかしてやりたいのが親の情だよ、それができない親の辛い気持を、おまえさんいちどでも察《さっ》してあげたことがあるのかい」

「悪かった、おれが悪かったよ」

「大嫌いだ、あたしは」とお勝は声をふるわせた、「子として親を悪く云うような人間は大嫌いだよ」

そのとき唐紙をあけて、三郎が「かあちゃん」と云いながら顔を出した。

「もういいじゃねえか、勇さんがあやまってるじゃねえか、堪忍してやんなよ」

「すっこんでな」とお勝が云った、「おまえの知ったこっちゃないよ」

「そうだろうけど」と三郎が云った、「ばあさんまで泣かしちゃってるぜ、かあちゃん」

お勝は娘のほうへ振向いた。

いつのまにか、おさんは蒲団《ふとん》を頭までかぶっていて、そこからくっくっと、忍び泣きの声がもれていた。お勝は「いいよ」と頷き、また繕い物を取りあげた。

「おばさん」と男は頭を下げた。

「いいよ」とお勝が云った、「もう寝ておくれ」

「もう九つになるぜ」と三郎が云った、「かあちゃんも寝なくっちゃだめだよ」

「うるさいね、わかってるよ」とお勝が云った、「ひとのことはいいからさっさと寝ちまいな」

三郎が引込み、男も六帖へ去った。

二人がいってしまうと、お勝は前掛で眼を拭いた。おさんの忍び泣きも、しばらくしてやみ、そして誓願寺の鐘《かね》が九つを打ちはじめた。

日が経って、十四日の晩、――いつもの銭勘定のあとで、うどんが出るとみんなが歓声をあげた。

「おっ、肝《きも》をつぶした」と三郎が云った、「てんぷらがへえってるぜ、かあちゃん」

七之助も「わあ」といった。

「静かにしないかねみっともない」とお勝が云った、「今夜は御苦労祝いなんだよ、おかげで源さんのほうはすっかり纏まったからね、みんながよく辛抱してくれたし、ほんのまねごとだけれど少し奢《おご》ったんだよ」

「そりゃあよかった」と次郎が云った。

「うん」と市太が頷いた、「そんならおれから、ひとこと礼を云わなくちゃならねえな」と彼はみんなの顔をゆっくり眺めまわし、おじぎをしながら云った、「みんな、有難うよ」

「それっきりかい」と三郎はうどんを吹き吹き云った、「自分の友達のことじゃねえか、礼なら礼でもうちっと云いようがありそうなもんだ」

「うるさいね」とお勝が遮った、「喰べるうちぐらい黙っていられないのかい」

「ざまあ、——」と次郎が口の中で云った。

三郎が「ざまあ」と口まねをし、お勝がにらみつけた。すると三郎が「あっ」といって膝を進めた。

「忘れてた、かあちゃん」と三郎は云った、「銭があがるんだ銭が」

「銭がどうしたって」

「こんど新吹《しんぶ》きの一朱銀《いっしゅぎん》が出るんだってよ」と三郎はいきごんだ、「河岸（魚河岸）で聞いたんだ、まだ誰も知らねえらしいが、その銀が悪いんで銭があがるっていうんだ、九十四文か、ことによると九十台を割るかもしれねえって話なんだ、だから明日いって小粒をみんな銭に替えて来ようと思うんだが」

「呆《あき》れた野郎だ」と次郎がふきげんに云った、「やま師みてえなことを云やがる」

「ねえかあちゃん」と三郎は云った、「河岸の話は早えんだ、しかもまちげえなしなんだから、ここで銭に替えておけば相当な儲《もう》けになるんだから、いいだろうあんちゃん」

「うん」と市太が云った、「そうさな」

「いやだよ、あたしゃごめんだよ」とお勝が云った、「これはみんながまともに稼いで溜めた金だし、源さんに必要なだけは纏まってるんだからね、そんなやまを賭けて、もし外れでもしたらどうするのさ」

「外れっこなんかねえんだってば」

「まっぴらだよ」とお勝は云った、「あたしは儲けるんならまともに稼いで儲ける、そんな人の小股《こまた》をすくうようなことをした金なんか、一文だって欲しかあないよ」

「さようでござんすか、へ」と三郎は空になった茶碗をおさんのほうへ出し、「ざまあ」と云って首をすくめた。

「ばあさん」と三郎は云った、「茶碗を出してるんだぜ、済まねえがこっちも見てくんな」

おさんは赤くなった。彼女は男のほうを見ていた。男が喰べ終りそうなので、(二杯めをつけようと)見ていたのである。彼女は赤くなり、「あらごめんなさい」と云って茶碗を受取った。

「そうらまた赤くなった」と三郎は云った、「まるで竜田《たつた》山《やま》の夕焼みてえだ」

「竜田やまだってやがら」と次郎が云った。やまじゃいけねえのか。あたりめえよ。やまでいけなけりゃあなんだ。ありゃあ竜田川ってんだ、やまを云うんなら嵐山《あらしやま》だ。偉《えら》いよ、おめえは学者だよ、と三郎が云った。

「おれ眠くなった」と七之助が箸を置いた、「勇ちゃんのおじちゃん、また寝ながら話してくれるね」

「ああ」と男が頷いた。

「やっぱり違うわね」とおさんが母親に云った、「今夜はうどんがよく売れたわ」

お勝が「正直なものさ」と微笑した。

それから三日めの十七日は、放免されて来る源さんのために、一家が仕事を休んだ。

市太と次郎が迎えにいったあと、お勝とおさんは家の中を片づけたり、祝いの酒肴《しゅこう》を用意したりした。——そのあいだに、三郎と男は七之助を伴《つ》れて、源さんの「新しい家」を見にいった。——そこは竪川を二つ目橋で渡り、三丁ばかり東へいった河岸っぷちで、路次の角といういい場所だった。お勝の気性が家主の気にいったそうで、古い建物に手をいれ、すぐにでも商売のできるように、造作が直してあった。三郎は男にその説明をしながら、「この造作は大屋持ちなんだぜ」といった。

「まったく」と彼は首を振った、「うちのかあちゃんときたひにゃ、――」

男は黙って頷いた。

市太たちは午後三時《八ツ半》すぎに帰って来た。荷物を背負った源さんとそのかみさん、かみさんは女の子をおぶい、風呂敷包を抱えていた。市太と次郎も、それぞれ包を持ってやっていたが、どうやらそれが全家財らしい。お勝はかれらを戸口で停《と》めて、小皿に盛った浄《きよ》めの塩を（かれらの頭から）ふりかけた。

「あんたが源さんですね」とお勝が云った、「ここでいっときますけどね、その敷居を跨《また》いだら、それであんたはきれいになるんですよ、いまの波の花でいやなことはすっかり消えたんだから、こっちへはいったら、これまでのことはすっかり忘れて、新しく生れ変った源さんになるんですよ」

そして「さあはいって下さい」といった。

荷物はすぐ緑町のほうへ運ぶので、土間や上り框《がまち》に積んで置き、用意してあった膳《ぜん》の前へ、お勝が指図をしてみんなを坐らせた。

　源さんはほぼ二十四歳くらい。長い角ばった顔で、軀も痩せているし、膚《はだ》の色も黒ずんでいた。三年ちかい牢屋ぐらしのためか、眉《まゆ》と眼のくっついた陰気な顔だちが、いっそうしめっぽくくすんでみえた。——坐るとすぐに、おぶっていた女の子を抱いたかいみさんは、まだ二十そこそこにしかみえない。軀もちんまりとまるく、顔もまるかった。少し赭《あか》い髪毛も性がよくないし、眼尻が下って、どうみてもいい縹緻とはいえないが、ぜんたいにちまちまとした愛嬌《あいきょう》をもっていた。

「すげえぞ」と三郎がいった、「酒がつくんだな、かあちゃん」

「酒なんていわないでおくれ、ほんのかたちだけなんだから」

「それにしてもすげえや」と三郎は唇《くちびる》を舐めた、「そうだとすると、おれは大きいのを貰うぜ」

　並んでいる膳もまちまち、皿小鉢もまちまち。盃《さかずき》らしいのは二つだけで、あとは湯呑《ゆのみ》だの子供茶碗だのを代用にしてあった。三郎はすばやく子供茶碗を取ったが、お勝の手もとを見て、お勝が燗徳利を一本しか持っていないのを認めると、「まさかそれ一本きりじゃねえだろうな」と念を押した。

「きまってるじゃないか」とお勝がいった、「酒を飲むんじゃあない御祝儀なんだからね」

「すると一本きりってわけか」

「念には及ばないよ」

「じゃあ小さいのにしよう」と三郎は茶碗を戻した、「ひとなめずつとなると、大きいのは損だ、大きいのは茶碗のまわりへくっついちゃうからな」

そして、市太の前にある盃へ手を伸ばした。お勝が「さぶ」といい、その手をぴしっと叩いた。

「痛《いて》え」と三郎が手を撫でると、源さんのかみさんが笑いだし、次郎がこれより不機嫌な顔はできない、とでもいいたそうに顔をしかめた。

「さ、ばあ……じゃない、おさん」とお勝がいった、「なんにもないが始めてもらおうかね、おまえ源さんからお酌をしておくれ」

六

鯖《さば》の塩焼、油揚《あぶらあげ》と菜の煮びたし、豆腐の汁に、ほうれん草の浸《ひた》し。そして、ひと啜《すす》りずつの酒という献立《こんだて》であった。

饒舌るのは三郎ひとりで、みんなは殆《ほと》んど黙って喰べた。市太がときどき源さんに話しかけたが、「以前の話はしないこと」とお勝が禁じたから、どうにも話の続けようがなかった。そのうえ源さんは黙りこんで、ものもろくに喰べず、うなだれて固くなっていたし、かみさんも（胸がいっぱいなのだろう）辞儀ばかりいって、――抱いた子にやしなってやるほかは、これもあまり箸を取ろうとはしなかった。

　お勝はむりにすすめなかった。

「市ちゃん」としおどきをみて、お勝が市太に眼くばせをした、「いいね」

「うん」と市太が頷いた、「そうしよう」

　お勝は立ってゆき、三つの紙包を持って来て坐った。

「源さん」とお勝はいった。「話は市から聞いたろうけれど、緑町三丁目にあんたたちの家を借りて、すぐにでもしょうばいのできるようにしてあります」

　源さんはこくっと頭を下げた。

「これが一年分の店賃《たなちん》」とお勝は包の一つを出した、「これがしょうばい道具一式の代」と二つめの包をさし出し、「これを二丁目の丸金《まるがね》へ持ってゆけば、道具はひと纏めにして渡してくれますよ、――それから」とお勝は三つめの包を押しやった、「これはしょうばいにとりつくまでの雑用、三月分をみてあるから足りるだろうと思うけれど、もし足りないときはまたなんとかしますからね」

源さんはまた低く頭を下げた。

「その金はあんたの物ですよ」とお勝はいった、「借りるんでも貰うでもない、正真正銘あんたたち二人の物、——あんたたちの悪いめぐりあわせと、三年間のお互いの辛抱がそのお金になったんですよ」

源さんは「うっ」と喉を詰らせた。

「おめでとう、源さん、おかみさん」とお勝はいった、「どうかしょうばいに精を出して下さいよ」

源さんが畳に手をついた、彼のかみさんも（子を抱いたまま）頭を下げた。次郎は膝をつかんで天床《てんじょう》を見あげ、三郎は立ちあがって四帖半へいった。市太は途方にくれたように、まばたきをしながら片膝をゆらゆらさせ、おさんは前掛で眼を拭いていた。

男は腕を組んで、折れるほど俯向《うつむ》き、眼をぎゅっとつむりながら、歯をくいしばった。

——おめでとう、源さん。

と男は心のなかでいった。

「へっ、おかしいな」と七之助がいった、「かあちゃん、あぶが泣いてるぜ」

「ばか、泣いてるか」と三郎が四帖半でいった。

「おふくろさん有難う」と源さんが手をついたままいった、「みなさん有難う」

「おばさん」と源さんのかみさんがいった。

お勝は彼女に頷いた。ああわかってるよ、もういいよ、という頷きかたであった。

そして市太のほうを見た。

「さあ、おつもりにしようかね、市ちゃん」とお勝がいった、「みんなで源さんたちを家まで送ってってあげな」

「うん」と市太がいった、「そうしよう」

みんなが立ちあがった。

四帖半で三郎が「こいつはおれが背負《せお》おうかな」といった。それは源さんの背負って来た（鼠不入《ねずみいらず》らしい）大きな荷物だった。おさんが女の子を抱き取り、七之助が「おれもゆくよ」といった。みんなで荷物や包の奪いあいをし、ごたごたと土間へおりた。

「おれ残るよ」と男が市太に囁いた、「おばさんに話があるから」

「うん」と市太が頷いた。

お勝と男は、上り框でみんなを見送った。源さん夫婦は三度ふり返っておじぎをし、そして路次を出ていった。

男は四帖半へ戻って坐った。お勝があとから来て、「どうしたの」と見た。

「どうしようかと思って」と男がいった、「源さんたちもこれでおちついたし、ものにはきりっていうことがあるから」

お勝はそこへ坐った。

「きりっていうと、――」

「もう半月の余も世話になってるし」と男がいった、「いつまでいい気になってても」

「勇さん」とお勝が遮った、「おまえさんうちにいるのがいやになったのかい」

「とんでもねえ、冗談じゃねえ」と男はむきな眼でお勝を見た、「そうじゃねえ、おらあいい気になってあんまり迷惑をかけてるから、どうにもみんなに悪くって」

「なにが悪いのさ、いておくれって頼んだのはあたしのほうじゃないか」

「それにしたって」

「勇さん」とお勝がいった、「おまえさん鉋《かんな》を持つようになったんだろう」

男は頷いた。

「市ちゃんがそいってくれたらしい、三日まえから削りをさせてもらうようになった」と男がいった、「この年ではむりかもしれねえが、おらあ精いっぱいやってみようと思う」

「つまりめどがついたんだろう」

男は頷いた。

「そんなら立派なもんじゃないか」とお勝がいった、「市の話では小棟梁《ことうりよう》っていう人が勇さんに眼をつけてる、ものになりそうだっていってるそうだし、こんなこといま云っちゃあいけないかもしれないけれど、ここで本気になってやれば、一人まえの職人になれるかもしれない、おまえさんにとっては大事なときじゃないのかい」

男は頭を垂れた。

「その大事なときにそんなことをいいだすなんて、それじゃあ、――世話らしい世話なんかできなかったけれど、それじゃあ、あたしたちの気持を踏みつけるようなもんだよ」

「おばさん」と男がいった、「おらあどういっていいかわからねえ、おらあ、源さんの家を見た、源さん夫婦とあの子供を見た、源さん一家があの家でおちつくんだと思い、それがどうしてそうなったかってことを考えた、はっきりはいえねえが、そのときおらあ思ったんだ、このうえおれまでが、みんなのお荷物になっちゃあ済まねえ、それじゃあ申し訳がねえって思ったんだ」男は腕で眼をこすり、喉を詰らせながら続けた、「——またおばさんに叱《しか》られるかもしれねえが、おらあこのうちの厄介《やっかい》になってから、初めて本当の親きょうだいと暮すような気持になれた、ほんとなんだ、叱られてもいい、おれにはおばさんが本当のおっ母さん、みんなが本当のきょうだいとしか思えない、ほんとなんだ、できることなら、おらあ一生このうちに置いてもらいたいんだ」男の声が嗚咽でとぎれた。男は嗚咽しながら、とぎれとぎれにいった、「でも、それじゃあ済まねえ、それじゃあ、あんまり申し訳がねえから」

お勝は（すばやく）指で眼を拭き、「勇さんも諄《くど》いね」と立ちあがった。

「あたしゃ諄いことは嫌いだよ」とお勝はいった、「他人は泣き寄り、……血肉を分けなくったって、縁があっていっしょに暮せば、親子きょうだいの情がうつるのはあたりまえだよ、勇さんが済まないからって出ていって、あたしたちが平気でいられると思うのかい」

「おばさん」と男が云った。

「もういいよ」とお勝がいった。

「おばさん」と男がいった、「それじゃあ、おれ、……ここにいてもいいだろうか」

お勝は前掛で顔を掩《おお》った。喉で「ぐっ」という音をさせ、はらでもたてたように、あらあらしく六帖のほうへ出ていった。

「勇ちゃん」と六帖からお勝がいった、「――片づけるから手伝っておくれ」

明くる朝、――

まだほの暗い食事の膳で、三郎がしきりにおさんの顔を見た。おさんのようすがいつもと違っていた、――おさんはゆうべ母親から、男との問答を聞いたのであった。男がここに居付くということ、男がみんなをどう思っているかということを。……おさんはうきうきしていた。絶《た》えず男のほうへ眼をはしらせ、男と眼が合うと慌《あわ》てて、顔をそむけながら赤くなり、給仕するのを間違えた。

「ばあさん」と三郎がいった、「その茶碗を七にやってどうするんだ、それはおれんだぜ」

「あら、これさぶちゃんだったの」

「眼をさましてくれよ」と三郎がいった、「おめえ夢でもみてるんじゃねえのか、ばあさん」

「いっとくけどね」とお勝がいった、「いっとくけどね、さぶ、今日限りそのばあさんはやめておくれ、おさんはおまえたちの姉だし、まだ嫁入りまえなんだからね、ばあさんなんかじゃないんだから」

「へえ」と三郎がいった、「かあちゃんだって昨日ばあさんって云いかけたぜ」

「やかましいね、今日限りっていってるだろう」とお勝が云った、「みんなにも断わっとくよ、これからばあさんって云ったらきかないからね、わかったかい」

「うん」と市太がいった、「わかったよ」

食事が終り、みんなでかける支《し》度《たく》をした。

おさんが一人びとりに弁当を渡し、上り框まで送って出た。外はようやく明るみを増して、路次にたちこめる朝靄《あさもや》が、薄く、真綿をひきのばしたようにみえた。

男はいちばんあとから、四帖半を出ようとして、ふとお勝のほうへ振返った。

「なに」とお勝が男を見た、「どうしたの」

男はかぶりを振った。

「ううん」と男は眼をしばしばさせた、「なんでもないんだ」

そして、出てゆこうとして、もういちど振返って、「かあちゃん」と口の中でいった、それは殆んど声にならなかったが、お勝はまさしくそれを聞きとめた。

「いってらっしゃい」とお勝はいった、「早く帰っといでよ」

男は出ていった。

編集後記

「私の書くものはよく『古風な義理人情』といわれる」

これは、自分の作品を「古典的な義理と人情の小説」と評した文芸評論家に対し、周五郎自身が、いささかのいきどおりをもって反論した文章の冒頭に書かれたものです。そして、この反論は誠に当を得ています。

山本周五郎は、「家族」を題材とした数多くの作品を書きました。本書に収録した「かあちゃん」では、泥棒に入った男を、家族の一員として迎えいれるという、いまの時代でも驚くような絆《きずな》のあり方を描いています。

いまでは、連日のように児童虐待や家庭内暴力のニュースが報道されています。今日、家族構成やそのあり方が多様化していることは間違いありません。しかし、周五郎の描いた、これらの作品をあらためて読み返すと、そこに描かれた家族のあり方は決して古びるどころではなく、むしろ、いまの私たちが「家族」という問題を考えるときに、示唆に富んだあり方で応えてくれています。

正直に申し上げて、本書を編むにあたって迷いに迷うことになりました。作品を読むたびに、その読後感や印象が変わってしまうこともありました。また、一冊の本として、作品の組み合わせを変えると、ちょうど万華鏡のように、違った輝きが見えてもきました。そのため、大なたをふるうようにして、多くの作品を割愛し、この作品集をまとめました。

この作品集に収録されている「ちゃん」と「かあちゃん」の二作品は、書き出しがとてもよく似ています。読みはじめた読者は、前に書いたことを忘れて、同じことを書こうとしているのでないかと、奇異な感じを持たれるかもしれません。しかし、山本周五郎は同じような文ではじめながら、鮮やかな意匠と技を見せて、飲んだくれの父を軸にした子沢山の家族の物語と、母を軸とした子沢山の家族の物語と、二つの物語を見事に書き分けています。

この面白さも知っていただきたいと考えたことが、本書で「ちゃん」と「かあちゃん」の二作を、それぞれ巻頭、巻末に据《す》えたゆえんです。

（文庫編集部）

初出一覧

「ちゃん」	「週刊朝日別冊」（朝日新聞社）	昭和三十三年一月
「花宵」	「少女の友」（実業之日本社）	昭和　十七年四月号
「女は同じ物語」	「講談倶楽部」（大日本雄辯会講談社）	昭和　三十年一月号
「おもかげ抄」	「キング」（大日本雄辯会講談社）	昭和　十二年七月号
「あすなろう」	「小説新潮」（新潮社）	昭和三十五年八、九月号
「夫婦の朝」	「婦人倶楽部」（大日本雄辯会講談社）	昭和　十六年三月号
「かあちゃん」	「オール讀物」（文藝春秋）	昭和　三十年七月号

山本周五郎《やまもとしゆうごろう》

1903年6月22日、山梨県に生まれる。本名・清水三十六《さとむ》。1907年、東京に転居。1910年、横浜市に転居。1916年、小学校卒業後、東京、木挽《こびき》町《ちよう》(現・銀座)の質屋・山本周五郎商店に奉公、後に筆名としてその名を借りることになる。店主の山本周五郎の庇護のもと、同人誌などに小説を書き始める。1923年、関東大震災により山本周五郎商店が罹災《りさい》し、いったん解散となり、豊岡、神戸と居を移すが、翌年、ふたたび上京する。

1926年、「文藝春秋」に『須磨寺附近』を発表し、文壇デビュー。その後不遇の時代が続くが、1932年、雑誌「キング」に初の大人向け小説となる『だだら団兵衛』を発表、以降も同誌などにたびたび寄稿し、時代小説の分野で認められる。1942年、雑誌「婦人倶楽部」に『日本婦道記』の連載を開始。1943年に同作で第十七回直木賞に推されるがこれを辞退、以降すべての賞を辞退した。代表的な著書に、『正雪記』(1953)、『栅ノ木は残った』(1958)、『赤ひげ診療譚』(1959)、『五瓣の椿』(1959)、『青べか物語』(1961)、『季節のない街』(1962)、『さぶ』(1963)、『ながい坂』(1966)など、数多くの名作を発表した。

1967年2月14日、肝炎と心臓衰弱のため仕事場にしていた横浜にある旅館「間門園《まかどえん》」で逝去。

昭和40年（1965年）、横浜の旅館「間門園」の仕事場にて。（講談社写真部撮影）

本書は、これまで刊行された同作品を参考にしながら文庫としてまとめました。旧字・旧仮名遣いは、一部を除き、新字・新仮名におきかえています。また、あきらかに誤植と思われる表記は、訂正しております。

作中に、現代では不適切とされる表現がありますが、作品の書かれた当時の背景や作者の意図を正確に伝えるため、当時の表現を使用しております。

家族物語《かぞくものがたり》　おもかげ抄《しよう》

山本周五郎《やまもとしゆうごろう》

講談社文庫

定価はカバーに
表示してあります

2019年7月12日第1刷発行

発行者――渡瀬昌彦

発行所――株式会社　講談社

東京都文京区音羽2-12-21　〒112-8001

電話　出版　(03) 5395-3510

販売　(03) 5395-5817

業務　(03) 5395-3615

Printed in Japan

デザイン―菊地信義

本文データ制作―講談社デジタル製作

印刷――豊国印刷株式会社

製本――株式会社国宝社

ISBN978-4-06-516326-9

講談社文庫刊行の辞

二十一世紀の到来を目睫に望みながら、われわれはいま、人類史上かつて例を見ない巨大な転換期をむかえようとしている。

世界も、日本も、激動の予兆に対する期待とおののきを内に蔵して、未知の時代に歩み入ろうとしている。このときにあたり、創業の人野間清治の「ナショナル・エデュケイター」への志を現代に甦らせようと意図して、われわれはここに古今の文芸作品はいうまでもなく、ひろく人文・社会・自然の諸科学から東西の名著を網羅する、新しい綜合文庫の発刊を決意した。

激動の転換期はまた断絶の時代である。われわれは戦後二十五年間の出版文化のありかたへの深い反省をこめて、この断絶の時代にあえて人間的な持続を求めようとする。いたずらに浮薄な商業主義のあだ花を追い求めることなく、長期にわたって良書に生命をあたえようとつとめるところにしか、今後の出版文化の真の繁栄はあり得ないと信じるからである。

同時にわれわれはこの綜合文庫の刊行を通じて、人文・社会・自然の諸科学が、結局人間の学にほかならないことを立証しようと願っている。かつて知識とは、「汝自身を知る」ことにつきていた。現代社会の瑣末な情報の氾濫のなかから、力強い知識の源泉を掘り起し、技術文明のただなかに、生きた人間の姿を復活させること。それこそわれわれの切なる希求である。

われわれは権威に盲従せず、俗流に媚びることなく、渾然一体となって日本の「草の根」をかたちづくる若く新しい世代の人々に、心をこめてこの新しい綜合文庫をおくり届けたい。それは知識の泉であるとともに感受性のふるさとであり、もっとも有機的に組織され、社会に開かれた万人のための大学をめざしている。大方の支援と協力を衷心より切望してやまない。

一九七一年七月

野間省一